Ulrike Platten-Wirtz – Überm Abgrund

Kontrast verlag

Kontrast Verlag
D-56291 Pfalzfeld
www.kontrast-verlag.com

2. Auflage

Titelfoto: Karin Scheuer
ISBN 978-3-941200-56-2

Ulrike Platten-Wirtz

Überm Abgrund

Kriminalroman

Für meinen Vater

Eins

Er war sich sicher, dass der Mann vor ihm auf den Holzbohlen tot war. Die leeren Augen schienen ihn direkt anzustarren. Das Gesicht war blutüberströmt. Am Hinterkopf klaffte eine große Platzwunde.

Martin Friedhoff stockte vor Schreck der Atem. Das blanke Entsetzen stand ihm ins Gesicht geschrieben. Er wich einen Schritt zurück und blickte auf das grausige Bild, das sich ihm bot. Direkt vor ihm – mitten auf der längsten Hängeseilbrücke Deutschlands – lag eine Leiche.

Ausgerechnet an dem Tag, an dem die Brücke eingeweiht werden sollte, stolperte der Bürgermeister beim Joggen über einen Toten. So ein Pech konnte auch nur er haben.

Wie gelähmt starrte Friedhoff auf den toten Körper. Durch das viele Blut konnte der Bürgermeister nicht mit Sicherheit sagen, ob es sich bei dem Toten um einen Bekannten oder um einen Fremden handelte. Wenn er sich allerdings Statur und Kleidung näher betrachtete, beschlich ihn ein ungutes Gefühl. Bunt karierte Hosen trugen hier nicht viele Männer. Friedhoffs Blick glitt weiter über den leblosen Körper, bis er schließlich an den beschuhten Füßen des Toten hängenblieb. Der nächste Schreck durchzuckte ihn. Diese auffallend roten Lacklederschuhe kamen ihm doch sehr bekannt vor. Seine böse Vorahnung schien sich zu bestätigen. Friedhoff kannte nur einen, der sich trauen würde, solche Schuhe zu tragen: Hannes Blattner. Der Fuhrunternehmer gehörte zu den reichsten und einflussreichsten Leuten im Dorf und war nicht nur Mitglied seines Gemeinderats, sondern auch sein persönlicher Freund.

Friedhoffs Puls fing an zu rasen. Sein Herz schlug bis zum Hals. Aufgeregt nestelte er sein Handy aus der Jackentasche und wählte mit zitternden Fingern die 110.

„Polizeiinspektion Simmern. Hansen am Apparat“, meldete sich eine fast jugendliche Stimme.

„Kommen Sie schnell. Es ist etwas Schreckliches passiert“, presste Friedhoff mit letzter Kraft heraus. Dann versagte seine Stimme. Alles um ihn herum verschwamm und der Bürgermeister brach zusammen.

Eine Stunde früher:
Martin Friedhoff schlug die Augen auf und schaute verschlafen auf die digitale Leuchtanzeige seines Funkweckers, der neben ihm auf dem Nachttisch stand. Es war nicht mal halb sechs. Durch die Ritzen im Rollladen konnte er erkennen, dass es draußen noch stockdunkel war. Friedhoff hatte schlecht geschlafen. Die halbe Nacht hatte er damit zugebracht, zu überlegen, ob er auch wirklich an alles gedacht hatte: seine Rede, den Imbiss, genügend Helfer.

Neben ihm schlief Vera noch tief und fest. Er stand leise auf, schlüpfte in seine Laufklamotten und schlich, ohne seine Frau aufzuwecken, aus dem Schlafzimmer.

Seit Friedhoff mit Vera in den Hunsrück gezogen war, drehte er jeden Morgen eine Runde durch Feld und Flur. Das Joggen tat ihm gut und verhalf ihm außerdem zu einer für sein Alter wirklich noch passablen Figur.

Auf der alten Holzbank vor seinem Haus machte er ein paar Dehnübungen. Dann lief er los. An der Kirche vorbei, in Richtung Ortsausgang, passierte er Wiesen und Felder und fand sich unvermittelt an der Geierlay wieder.

Als er den Felsvorsprung erreichte, an dem neuerdings eine Brücke zur anderen Seite des Tals führte, war sein Oberkörper von der Anstrengung bereits klatschnass. Schweißperlen rannen über sein Gesicht. Friedhoff keuchte. Seine Kondition ließ doch zu wünschen übrig, immerhin war er bereits Mitte fünfzig.

Erst vor ein paar Monaten hatte man ihn zum Bürgermeister des Dorfes gewählt und in dieser Funktion sollte er in wenigen Stunden die neue Brücke einweihen. Eine ehrenvolle Aufgabe, auf die Friedhoff wirklich stolz war.

Mit der einsetzenden Dämmerung lichtete sich langsam der Morgennebel. Ein Vogel zwitscherte. Ansonsten war es fast ganz still. Nur das leise Summen der Windräder war zu hören, während die Rotorblätter gemächlich ihre Runden drehten.

Friedhoff hielt kurz inne und genoss die Stille um ihn herum. Er nahm einen tiefen Atemzug. Die kühle Morgenluft beruhigte ihn und gab ihm ein neues Gefühl für die Schönheit der Natur. Er schaute hinüber zur anderen Seite des Tals und verspürte auf einmal den ungezügelten Drang als Erster die Brücke zu überqueren. Noch vor der offiziellen Eröffnung.

Fast ehrfürchtig setzte er seinen linken Fuß auf der ersten Brückenbohle auf. Unweigerlich kam ihm seine Tante Frieda in den Sinn, die stets Unglück prophezeite, wenn jemand die Stufen ihrer steilen Holztreppe mit dem linken Fuß zuerst betrat. Bis heute hatte Friedhoff sich nicht von diesem Aberglauben befreien können.

Er schüttelte den Gedanken ab und ging weiter. Schon beim zweiten Schritt nach vorne fing die Brücke an, sich sanft zu bewegen. Das leichte Schaukeln war angenehm und ein bisschen so, als liefe man über das Oberdeck eines Kreuzfahrtschiffs, das im Morgengrauen durch die offene See voranpreschte. Ein herrliches Gefühl.

Wenn er allerdings zurück sein wollte, bevor Vera aufwachte, musste er sich beeilen. Friedhoff lief weiter, blieb aber plötzlich wie vom Blitz getroffen stehen. Keine zwei Meter von ihm entfernt lag eine Leiche.

Zwei

„Du willst doch nicht wirklich in diese Einöde ziehen?“, fragte Jutta, während sie im blauen Beetle-Cabrio mit Franka über die holprige Landstraße brauste. „Hier wollte ich nicht mal tot überm Zaun hängen“, echauffierte sich die Freundin weiter.

Franka war beleidigt. „Ich weiß gar nicht, was du hast. Hier ist es doch wunderschön. Sieh dir nur die herrliche Landschaft an. Unberührte Natur. Das ist doch Idylle pur.“

„Was soll denn hier unberührt sein? Franka mach die Augen auf. In deiner angeblich so unberührten Idylle steht alle Nase lang ein Windrad herum und verschandelt die Landschaft. Es gibt weder Bistros noch Boutiquen. Wie in aller Welt willst du hier überleben? Und worüber willst du hier schreiben? Den Kaninchenzüchterverein aus Hinterdümpelbach?“

Jutta war gemein. Ihr Urteil darüber, dass Franka sich dazu entschlossen hatte, in den Hunsrück zu ziehen, fiel nicht gerade gnädig aus. Der gemeinsame Ausflug der beiden Frauen endete in einem Fiasko. Selbst die Tatsache, dass die beiden Frauen seit Jahrzehnten beste Freundinnen waren, konnte die Situation nicht retten.

Aber Franka ließ sich nicht beirren. Die Chance noch einmal ganz neu anzufangen, war für sie geradezu verlockend. Was sollte eine verlassene Enddreißigerin noch im Umfeld ihres Ex-Liebhabers? Zuschauen, wie er sich mit einer Jüngeren vergnügte? Nein danke. Und ein fester Vertrag in einer – wenn auch kleinen – Redaktion bot sich für eine Journalistin auch nicht alle Tage. Franka war sich zwar nicht sicher, dass sie das Richtige tat, aber sie würde in den Hunsrück ziehen. Basta.

Es war Samstag. Franka saß im Nachthemd am Küchentisch und rührte verschlafen in ihrem Kaffee. Die Uhr über der Spüle zeigte kurz vor elf. Franka fühlte sich wie erschlagen. Ihr Kopf dröhnte. War wohl doch ein bisschen spät geworden letzte Nacht. Aus dem Glas Rotwein, das sie mit ihrem Nachbarn Leo in der Dorfkneipe trinken wollte, waren wohl doch zwei oder – ihren Kopfschmerzen nach zu urteilen – eher drei geworden. Auf jeden Fall war es ein Glas zu viel.

Franka streckte ihre Beine auf der hölzernen Eckbank aus, um es sich beim Kaffee wenigstens einigermaßen gemütlich zu machen. Vor ihr auf dem Tisch lag noch unberührt die aktuelle Ausgabe der Tageszeitung. Ihr Brummschädel hinderte Franka daran, einen Blick ins Blatt zu werfen. Mit beiden Händen massierte sie ihre Schläfen. Der leichte Druck tat ihrem Kopf gut. Trotzdem löste sie sich vorsichtshalber eine *Alka Seltzer* auf. In zwei Stunden sollte sie für ihr Blatt über die Eröffnung der neuen Hängeseilbrücke berichten. Bis dahin musste sie also unbedingt wieder fit sein. Franka leerte das Glas mit dem Medikament in einem Zug, stand auf und ging zum Kühlschrank. Im selben Moment spürte sie wie Kater Rubens um ihre nackten Waden strich. Irritiert schaute sie nach unten. An den Gedanken, dass sie neuerdings einen Mitbewohner hatte, musste sie sich wohl erst noch gewöhnen. Rubens genoss, im Gegensatz zu ihr, lebenslanges Wohnrecht in dem urigen Hunsrücker Bauernhaus, das Franka gemietet hatte. Ohne Katze kein Mietvertrag! Das war die Bedingung der Hausbesitzerin. Am liebsten hätte die Alte den Kater mit ins Seniorenheim genommen. Franka wäre das recht gewesen. Aber im Heim waren Haustiere natürlich verboten.

Also hatte Franka notgedrungen eingewilligt, obwohl sie für Katzen eigentlich nicht besonders viel übrighatte. Bisher hatte der Stubentiger sie allerdings noch nicht sonderlich gestört. Sein Interesse an der Umwelt schien sich in Grenzen zu halten. Rubens tauchte nur dann auf, wenn sich der Kühlschrank öffnete. Nach dem Fressen verschwand er meistens schnell wieder. Mit dieser Art von Zusammenleben konnte Franka sich durchaus arrangieren. Die Chance auf etwas Essbares stand für Rubens derzeit allerdings ziemlich schlecht. Ein Blick in den Kühlschrank verhieß nichts Vielversprechendes, um nicht zu sagen, es war vollkommen aussichtslos. Gähnende Leere, soweit das Auge reichte. Franka hatte es wieder einmal verpasst, rechtzeitig einzukaufen.

„Naja. Ein bisschen Diät tut uns beiden ja auch mal ganz gut", versuchte Franka den Kater zu trösten. Rubens hingegen warf seinem neuen Frauchen einen so mitleiderregenden Blick zu, dass Franka im Vorratsschrank nachschaute und tatsächlich noch einen Rest Katzenfutter entdeckte. Sie füllte den Fressnapf und verspürte einen Würgereiz. Das Zeug roch wirklich grässlich. Aber Rubens schien es zu schmecken. Franka strich dem Tier kurz über das weiche Fell. Der Kater ignorierte sie und machte sich stattdessen lieber über das Fressen her, um anschließend, ohne Franka auch nur eines Blickes zu würdigen, im Garten zu verschwinden.

Das Telefon klingelte. Sie hob ab und meldete sich korrekt mit ihrem vollständigen Namen. „Hallo, hier Franka Fröhlich."

„Schwing die Hufe, Baby", tönte es am anderen Ende der Leitung.

„Leo, du schon wieder? Genügt es nicht, dass du mich gestern Abend dazu verführt hast, viel zu viel Wein zu trinken? Was willst du?“ Franka versuchte dem Klang ihrer Stimme einen strengen Unterton zu verpassen.

Leo lachte: „Tut mir leid, wenn es dir heute Morgen schlecht geht. Aber ich habe interessante Neuigkeiten für dich. Sieh zu, dass du in zehn Minuten an der neuen Hängeseilbrücke bist.“

„Entspann dich Leo. Die Eröffnung ist erst in zwei Stunden. Warum soll ich mir da ewig die Beine in den Bauch stehen?“

„Weil es dort eine Leiche gibt“, sagte Leo lakonisch und legte auf.

Franka glaubte, nicht richtig gehört zu haben. Hatte Leo gerade Leiche gesagt? „Halt, woher weißt du das?“, brüllte sie noch in den Hörer.

Doch auf der Gegenseite war nur noch ein rhythmisches Tuten zu hören. Franka war baff. Da sollte noch einer behaupten, in dem Kaff wäre nix los. Aber woher wusste ihr Nachbar schon, dass es einen Toten gab? Und was hieß das überhaupt? Hatte da jemand in schwindelerregender Höhe einen Herzinfarkt erlitten, sich aus Verzweiflung in den Abgrund gestürzt oder handelte es sich um einen Mord? Frankas Neugier war geweckt. Ihr kriminalistischer Spürsinn erwachte gerade aus dem Dornröschenschlaf. Glücklicherweise zeigte die *Alka Seltzer* bereits ihre Wirkung, Frankas Kopf ging es schon deutlich besser. Schnell schlüpfte sie in ihre bequemen Jeans, streifte ihren grauen Lieblingspulli über und schnappte sich die warme Jacke vom Garderobenhaken. Es war Oktober, da konnte es im Hunsrück schon empfindlich kalt werden. Ihre Fototasche, in der sich Kamera, Block und Stifte befanden, stand ebenfalls griffbereit im Flur.

Ein Toter an der Brücke. Es war nicht zu glauben. Wohl doch nicht ganz so heile Welt, wie ein Plakat am Ortseingang dieses Kuhdorfs den Besuchern weißmachen wollte.

Franka startete ihren Wagen, den sie in der Einfahrt vor dem Haus geparkt hatte. Der dunkelblaue VW-Beetle hielt ihr schon seit fast zehn Jahren die Treue. Darauf war Franka wirklich stolz. Mit Männern hatte sie da bisher leider weniger Glück. Schließlich wollte sie auch deshalb aus Köln weg und hatte diesen Job in den Untiefen der Provinz angenommen.

Ein Blick auf ihre Armbanduhr trieb Franka zur Eile. Sie setzte rückwärts aus der Hofeinfahrt, fuhr auf die Dorfstraße, an Pfarrhaus und Kirche vorbei und hielt hinter der Dorfwirtschaft, die sie am Vortag mit Leo besucht hatte, auf den Ortsausgang zu. Etwa hundert Meter vor dem Ortsschild machte die Straße eine Kurve. Franka bog links in den Feldweg ein und stoppte vor der Schranke, die die motorisierte Zufahrt zur Geierlay versperrte. Gleichzeitig mit ihr traf auch der Streifenwagen der Simmerner Polizei ein. Der Fahrer ließ die Scheibe herunter und begrüßte die Journalistin. Beide waren sich schon ein paar Mal begegnet und Franka kannte sogar seinen Namen: Hansen. Franka war sich nicht sicher, ob der Mann auch einen Vornamen hatte. Soweit sie sich erinnern konnte, wurde er von allen Leuten nur mit seinem Nachnamen angesprochen. Schien aber ein echt netter Kerl zu sein. Und immer hilfsbereit. Auch ohne Vornamen.

Hansen bedeutete Franka, ihr Auto stehen zu lassen und bei ihm einzusteigen.

„Weiß man schon, wer der Tote ist?“

Hansen zögerte. „Da fragst du besser Kommissar Berger.“

Franka sah den Polizisten fragend an. Nicht, weil er sie geduzt hatte. Daran war Franka inzwischen schon gewöhnt.

Sie hatte schnell gelernt, dass derjenige, der auf dem Land sein Gegenüber siezte, als eingebildet und überheblich galt.

Hansen unterbrach ihre Gedanken: „Bei ungeklärten Todesfällen übernehmen die Kollegen vom K 11 aus Koblenz“, erklärte er. „Kriminalhauptkommissar Jan Berger wird von unserer Dienststelle in Simmern aus ermitteln. Ich bin sein Assistent.“

Hansen schien mächtig stolz darauf zu sein, in einem Mordfall ermitteln zu dürfen. Na ja, für den Beamten einer Dienststelle, in der es sonst eher um geklaute Gartenzwerge oder Schlägereien unter Betrunkenen ging, war eine Leiche mit ungeklärter Todesursache ja auch schon etwas Besonderes.

Der Streifenwagen stoppte an dem kleinen Felsvorsprung. Franka stieg aus und ging auf Jan Berger zu, der bereits am Brückenkopf stand und darauf wartete, dass die Kollegen von der Spurensicherung ihre Arbeit beendeten. Franka war ein bisschen mulmig zumute. Schließlich war es ihr erstes Mordopfer. Dass es sich um Mord handelte, stand außer Frage. Warum sonst sollte es hier vor Polizeibeamten wimmeln?

Zwei Männer in weißen Schutzanzügen kamen ihr entgegen. Die Spurensicherung war anscheinend schon fertig. Franka beobachtete, wie einer der Männer dem Kommissar die Brieftasche des Toten überreichte. Berger sah den Inhalt durch und war gerade im Begriff, die Brücke zu betreten, um den Tatort in Augenschein zu nehmen, als er von Franka Notiz nahm. Der Journalistin entging der böse Blick nicht, den er daraufhin seinem Kollegen zuwarf. Berger war zwar dafür bekannt, dass er gerne mit der Presse zusammenarbeitete, aber sein Gesichtsausdruck verriet, dass er durchaus noch einen Moment auf Frankas Anwesenheit hätte verzichten können.

„Hätte ich mir ja denken können, dass die Presse schon wieder Bescheid weiß." Zwar war Bergers Tonfall streng, doch ein Augenzwinkern sagte Franka, dass er es nicht ganz so ernst meinte.

Ein bisschen wunderte sich die Journalistin, dass Berger sie offensichtlich zu kennen schien. Aber vermutlich gehörte es zur Arbeit eines guten Kriminalkommissars, zu wissen, mit wem man es zu tun hatte.

„Was dagegen, wenn ich mitkomme?", fragte sie vorsichtig.

Berger war zwar nicht sonderlich erbaut über Frankas Erscheinen, aber letztlich war es ihm lieber, wenn er sie unter Kontrolle hatte, als dass sie später allein am Tatort herumschnüffelte. „Meinetwegen. Aber Sie bleiben dicht hinter mir. Und … keine Fotos."

Artig marschierte Franka hinter dem Kommissar her zum Brückenkopf. Sie hatte nicht vor, an Berger vorbeizupirschen. Ganz so mutig, wie sie dachte, war sie nämlich doch nicht. Außerdem fing ihr leerer Magen an zu rebellieren. Vielleicht hätte sie doch etwas frühstücken sollen. Aber mit einem leeren Kühlschrank war das leichter gesagt als getan.

Franka hielt sich dicht hinter dem Kommissar und riskierte aus sicherer Entfernung einen vorsichtigen Blick auf den Toten. „Kennen Sie ihn?"

Berger antwortete nicht. Er steuerte zielstrebig auf die Leiche zu, die sich etwa in der Mitte der Brücke befand.

Die Journalistin folgte ihm mit Bedacht, ihre rechte Hand umklammerte krampfhaft das Geländer. „Ganz schön wackelige Angelegenheit."

Lieber wäre Franka auf festem Boden geblieben. Die Nachwehen der letzten Nacht und die Aussicht auf das, was sie erwartete, ermunterten sie nicht gerade zum Weitergehen. Andererseits war sie natürlich viel zu neugierig, um neben Hansen am Brückenkopf zu warten. Wann bot sich schon mal so eine Gelegenheit live vor Ort dabei zu sein, wenn ein Kommissar eine Leiche begutachtete. Nein, darauf würde Franka nie im Leben verzichten. Auch wenn ihr Magen gerade ganz andere Signale sendete.

Das Schaukeln der Brücke nahm mit jedem Schritt zu. Berger hatte aber auch einen Zahn drauf, als ob eine Horde Affen hinter ihm her sei. „Geht das auch ein bisschen langsamer?“, fragte sie zögerlich.

Der Kommissar schien sie gar nicht zu hören. Unbeirrt behielt er sein Tempo bei. Mit jedem Schritt schwankte die Brücke mehr. Franka war sich nicht sicher, ob es am Schaukeln oder an ihr selbst lag, dass sie das Gleichgewicht nicht halten konnte. Inzwischen waren sie dem Toten schon erschreckend nahe gekommen. Dem ersten Augenschein nach handelte es sich um einen Mann. Er lag seitlich auf den Brückenbohlen. Seine Kleidung war schmutzig und blutverschmiert. Aber am schlimmsten sah der Kopf aus. Total zertrümmert. Der Journalistin bot sich ein Bild des Grauens. Selbst wenn sie den Mann zu Lebzeiten vielleicht gekannt hatte, hätte sie jetzt nicht sagen können, um wen es sich handelte. Das Gesicht des Toten war total entstellt. Alles war voller Blut.

Franka wurde schlecht. Das Schaukeln der Brücke, der Tote und der Wein vom Vorabend waren keine gute Kombination. Ihr Magen rebellierte jetzt endgültig. Sie drehte sich um und schaffte es gerade noch rechtzeitig bis ans Ende der Brücke, bevor sie sich übergeben musste.

„Deine erste Leiche?“, fragte Hansen fürsorglich.

Franka nickte. Ihr war immer noch schwindelig. Sie war froh, dass Hansen sie am Arm packte und zu einem Polizeibulli führte. Ob der vorhin auch schon da hielt, konnte Franka gar nicht mit Sicherheit sagen. Gesehen hatte sie ihn jedenfalls nicht. Im Wagen saß schon jemand. Es war der Bürgermeister des Dorfes, der ebenfalls einen völlig verstörten Eindruck machte. Sein Blick starrte, genau wie der des Toten, ins Leere. Franka grüßte mit einem Kopfnicken, aber Friedhoff antwortete nicht. Sein Gesicht war mindestens so fahl wie das einer Leiche.

„Alles okay mit Ihnen?“ Inzwischen war auch Berger zurück und überließ den Tatort dem Bestatter, der den Toten in einen Blechsarg packte, um ihn anschließend in die Rechtsmedizin nach Koblenz zu überführen.

Die Journalistin wusste nicht, ob Bergers Frage ihr oder dem Bürgermeister galt. Vorsichtshalber nickte sie mit dem Kopf.

Berger öffnete eine Thermoskanne und bot den beiden Tee an. Franka war dankbar für das heiße Getränk. Sie spürte schon beim ersten Schluck, wie sich ihr Magen allmählich beruhigte.

Auch Friedhoff schien langsam wieder zu sich zu kommen. Mit müden und traurigen Augen sah er den Kommissar an und fragte: „Was ist passiert?“

„Das wüssten wir auch gerne, Herr Friedhoff. Vielleicht hilft es uns bei den Ermittlungen, wenn Sie uns noch einmal ganz genau schildern, wie Sie den Toten gefunden haben und ob Ihnen auf dem Weg hierher irgendetwas Außergewöhnliches aufgefallen ist“, bat Berger.

Friedhoff nickte. „Was ist mit unserer Eröffnungsfeier?“

„Die zu verschieben, ist wohl kaum noch möglich.“

Drei

Für Kapitalverbrechen sind die Kollegen der Simmerner Polizeiinspektion nicht zuständig. In der Regel schlägt man sich hier mit kleinen Betrügereien, Einbrüchen und Diebstählen herum. Oder hat mit Leuten zu tun, die es mit dem Betäubungsmittelgesetz nicht so genau nehmen.

Bei dem Mordopfer handelte es sich aber nicht um einen der üblichen Verdächtigen, der vielleicht zufällig Opfer einer Prügelei unter Betrunkenen geworden ist. Der Fuhrunternehmer war einer der angesehensten Bürger des Ortes und als Wohltäter bekannt.

Bis der Fall gelöst war, würde Berger sich in der Dienststelle in Simmern einrichten, um schneller an Ort und Stelle zu sein und nicht jedes Mal von Koblenz aus in den Hunsrück juckeln zu müssen. Obwohl er sich in der Gegend ganz gut auskannte, konnte es nur von Vorteil sein, wenn der junge Kollege Hansen ihn bei der Arbeit unterstützte.

Die Tatsache, dass der Tote auf der Brücke regelrecht zur Schau gestellt wurde, und das ausgerechnet am Tag der offiziellen Brückeneinweihung, beunruhigte Berger ein wenig. Der Kommissar glaubte nicht an einen Zufall. Nach den ersten Ergebnissen der Spurensicherung gab es eine eindeutige Blutspur, die Hinweise darauf lieferte, dass Blattner auf die Brücke geschleift wurde. Ob er da schon tot war oder nur verletzt, würde die Obduktion zeigen. Die riesige Kopfverletzung ließ darauf schließen, dass der Tote mit einem stumpfen Gegenstand erschlagen worden war.

Und dass ausgerechnet Martin Friedhoff ihn gefunden hatte ... Berger grübelte. Die beiden hatten jahrelang gemeinsam für die Realisierung der Brücke gekämpft. Wenn er sich richtig erinnerte, hatte es da schon jede Menge Widerstand aus der Bevölkerung gegeben. Das war sogar bis nach Koblenz vorgedrungen. Vor allem die Naturschutzgruppe *Grüner Hunsrück* hatte es den beiden Brückenträumern, wie Friedhoff und Blattner im Dorf genannt wurden, ziemlich schwer gemacht. Die seltene Mopsfledermaus, die angeblich ihr Revier genau an der Stelle hat, an der die Brücke entstehen sollte, hatte das Projekt fast scheitern lassen. Berger selbst wusste bis dahin gar nicht, dass es überhaupt Mopsfledermäuse gibt. Und schon gar nicht an der Geierlay. Trotzdem wurden aufwendige Untersuchungen veranlasst, die die Existenz der Fledermaus zwar nicht ausschließen konnten, aber definitiv nachgewiesen werden konnte sie eben auch nicht. Damit war der Weg zum Bau der Brücke frei.

Berger konnte sich lebhaft vorstellen, dass die Naturschützer einen Pik auf die Brückenträumer hatten. Vielleicht sogar noch immer haben. Aber dafür einen Mord begehen?

Berger schüttelte energisch den Kopf. Aber er musste in alle Richtungen ermitteln. Wenn es so wäre, dann wäre auch Bürgermeister Friedhoff in Gefahr.

„Ach, das sind doch alles Schwätzer“, sagte Hansen. Berger zuckte zusammen. Entweder hatte er mal wieder laut nachgedacht oder sein Kollege konnte Gedanken lesen.

„Kümmer dich darum, dass die Alibis der Aktivisten überprüft werden“, ordnete Berger an, der den jüngeren Kollegen duzte. Auch wenn er nicht wirklich daran glaubte, dass die Naturschützer etwas mit dem Mord zu tun hatten. Aber wer wusste schon, was in den Köpfen der Leute vorging, wenn sie sich in eine Sache verrannt hatten.

In den vergangenen Monaten hatten die Aktivisten schon für jede Menge Trubel im Dorf gesorgt. Berger hatte von den Simmerner Kollegen erfahren, dass sie mehr als einmal ausrücken mussten, um Demonstrationen, bei denen es auch zu Handgreiflichkeiten zwischen Brückenbefürwortern und den Gegnern gekommen war, zu unterbinden.

Insgeheim hatte man gehofft, dass, wenn die Brücke endlich über dem Tal hing, wieder Ruhe in die Gemeinde einkehren würde. Aber offensichtlich hatte man sich da wohl getäuscht.

Als die Tatortreiniger anfingen, den Schauplatz zu säubern, damit die offizielle Einweihung trotzdem – wenn auch verspätet – stattfinden konnte, fuhr Berger die immer noch leichenblasse Franka in ihrem Beetle zurück ins Dorf. Friedhoff zog einen Spaziergang an der frischen Luft vor.

Berger selbst stand anschließend noch eine unangenehme Aufgabe bevor. Er musste Blattners Witwe über den Tod ihres Mannes informieren. Falls die traurige Neuigkeit sich nicht schon per Buschtrommeln verbreitet hatte.

Vier

Ein großes schmiedeeisernes Tor schützte das Grundstück der Blattners vor ungebetenen Gästen und Besuchern. Berger parkte seinen Wagen vor dem Tor und ging, nachdem man ihm den Zugang gewährt hatte, zu Fuß über die Kiesauffahrt bis zum Haus. Vor den Augen des Kommissars präsentierte sich eine Nobelvilla in Sandbeige. Vier Sandsteinsäulen, jeweils von einer Löwenstatue flankiert, umrahmten das Eingangsportal. Berger war beeindruckt. Aber irgendetwas stört ihn an dem Haus. Vielleicht lag es daran, dass der Prunkbau mit seinen Türmchen, Erkern und den halbrunden Fenstern einfach nicht ins Dorfbild passte, das größtenteils von einfachen Bauernhäusern geprägt war.

Die Kiesauffahrt vor der Blattner-Villa war von doppelreihigen Buchsbaumkugeln flankiert. Vor der Garage parkte ein protziger Porsche Cayenne Turbo, dessen Kaufpreis Bergers Jahresgehalt mit Sicherheit um ein Vielfaches überschritt. In der schwarzen Metalliclackierung spiegelte sich die Sonne wider. Entweder war das Fahrzeug nagelneu oder gerade frisch poliert worden. Bergers geschulter Blick glitt über Motorhaube und Reifen. Alles blitzsauber. Durch Feld und Wald war dieses Fahrzeug in den letzten Stunden wohl nicht gefahren.

An der Haustür läutete Berger ein zweites Mal, bevor die Hausherrin ihm die schwere, mit Schnitzereien und einer Bleiverglasung verzierte Eichentür öffnete. Berger war sichtlich beeindruckt. Nicht nur von der prachtvollen Ausstattung des Gebäudes, sondern vor allem von der Hausherrin selbst. Kristin Blattner war eine auffallend schöne Frau. Eine von der Sorte nordisch nobel. Ihr naturblondes Haar fiel leicht gewellt auf ihre zarten Schultern. Sie trug ein figurbetontes hellgraues Etuikleid, darüber eine elegante Strickjacke in einem dunkleren Grauton. Trotz der frühen Stunde saßen Kleidung und Make-up perfekt. Das fiel sogar Berger auf, der eigentlich keinen Blick für solche Nebensächlichkeiten hatte.

„Ja bitte?"

„Jan Berger, Kripo Koblenz. Frau Blattner?"

Die Hausherrin nickte.

„Kann ich hereinkommen?"

„Bitte sehr. Wenn ich Ihnen weiterhelfen kann. Mein Mann ist nicht zu Hause." Kristin Blattner führte den Kommissar in ein riesiges Wohnzimmer, dessen Interieur von einer mondänen Sitzgruppe aus feinem weißem Leder bestimmt war. An den Wänden hingen großformatige Ölgemälde. Berger vermutete darunter auch einige Originale. An der Südseite des Raumes boten große Fensterelemente einen herrlichen Blick auf die umliegende Landschaft sowie den Weg, der zur Geierlay führte.

Kristin Blattner brach schluchzend zusammen, als sie den Grund von Bergers Besuch erfuhr. Bis heute hat Berger nicht verstanden, wie man den Angehörigen eine Todesnachricht schonend beibringen sollte. Der Tod eines geliebten Menschen blieb für die trauernden Hinterbliebenen immer ein Schock. Da gab es nichts zu beschönigen. Berger holte ein Glas Wasser aus der Küche, die er richtigerweise rechts neben der Eingangstür vermutete. Als er ins Wohnzimmer zurückkam, saß Kristin Blattner aufrecht im Sessel und hatte sich so weit gefasst, dass sie in der Lage war, mit ihm zu sprechen.

„Feinde? Natürlich hatte mein Mann Feinde. Sie sehen doch selbst, wie wir hier leben. Glauben Sie, so etwas bleibt in einem Dorf wie diesem ungestraft?“ Der Tonfall der Hausdame war scharf, was so ganz und gar nicht zu ihrem zarten Äußeren passte. „Dieser ganze Zirkus mit der Brücke hat Hannes natürlich auch mehr Feinde als Freunde eingebracht. Ich selbst war ja von Anfang an gegen diesen Unfug. Was soll das werden? Menschenmassen, die sich tagtäglich durch das Dorf bis hin zur Brücke und zurück quälen und anschließend ihre Notdurft an unserem Zaun verrichten? Als ob wir nicht schon genug Ärger hätten.“

„Wie meinen Sie das?“

„Ach, vergessen Sie es.“

„Gibt es Probleme in der Firma Ihres Mannes?“

„Davon verstehe ich nichts. Ich habe mich nie um die Geschäfte meines Mannes gekümmert. Da müssen Sie mit unserem Büroleiter, Georg Metzler, sprechen. Aber vor Montag früh werden Sie den kaum erwischen. Darf ich Sie bitten, jetzt zu gehen? Ich möchte allein sein.“

Berger verabschiedete sich höflich, überreichte Kristin Blattner aber beim Rausgehen noch seine Visitenkarte. „Falls Ihnen noch etwas einfällt, rufen Sie mich an." Mit einer lockeren Geste, die er sich bei einem der Fernsehkommissare vom Sonntagskrimi abgeschaut hatte, zog er die Karte mit Namen, Dienststelle und Telefonnummer sowie seiner privaten Handynummer, aus der Brusttasche seines Jacketts.

Als sich die Haustür hinter ihm schloss, ging er gemächlich zu seinem Wagen zurück. Für seinen Geschmack hatte die Witwe die Todesnachricht ganz gut verkraftet. Schien eine starke Frau zu sein, dachte Berger, während er einen Blick in den professionell angelegten Garten riskierte. Hier stimmte wirklich alles. Der Garten wirkte ebenso perfekt wie die Hausherrin. Unweigerlich kam Berger der Garten von Schloss Drottingholm in den Sinn, den er bei seinem Schwedenurlaub im vergangenen Sommer besucht hatte. Buchsbäume umschlossen kleine Rasenflächen, auf denen mal Springbrunnen, mal Wasserspeier oder Statuen aufgestellt waren. Kein Wunder, dass Blattner sich Feinde gemacht hatte. Wer seinen Reichtum derart zur Schau stellt, provoziert die Neider ja regelrecht, ging es Berger durch den Kopf.

Er schaute auf die Uhr. Blattners Unternehmen hatte seinen Hauptsitz in Kastellaun. Auf dem Rückweg zur Dienststelle konnte er noch schnell in der Firma vorbeifahren. Vielleicht hatte er Glück und erwischte dort jemanden.

Fünf

Martin Friedhoff war erschöpft. Das Bild des Toten ging ihm nicht aus dem Kopf. Am liebsten wäre er nach Hause gelaufen, hätte ein heißes Bad genommen und sich dann im Bett verkrochen. Am Morgen war er noch voller Elan zum Joggen aufgebrochen und jetzt ging er mit hängenden

Schultern und gesenktem Kopf von der Geierlay zurück ins Dorf.

Das Angebot des Kommissars, ihn nach Hause zu bringen, hatte Friedhoff dankend abgelehnt. Er brauchte jetzt frische Luft. Gierig atmete er tief ein und aus. Seine Hände zitterten immer noch ein wenig. Schließlich passierte es einem nicht alle Tage, dass man über eine Leiche stolperte. Noch dazu über eine, die man ziemlich gut kannte. Das grausame Bild würde er wohl so schnell nicht mehr loswerden.

Friedhoff fragte sich, wer Hannes Blatter so zugerichtet hatte? Wer konnte ihn dermaßen hassen, um ihm so etwas anzutun? Der Bürgermeister dachte scharf nach. Auf Anhieb fiel ihm da niemand ein. Sicherlich hatte Blattner nicht nur Freunde im Dorf. Zumal es Zeiten gab, in denen er so einigen Frauen den Kopf verdreht hatte. Auch den verheirateten.

Wenn es danach ginge, hätte er selbst auch einen Grund gehabt, Blattner zu hassen. Aber deshalb brachte man doch niemanden um. Zumindest Friedhoff nicht.

Der Bürgermeister fiel in einen leichten Laufschritt, für ihn die beste Möglichkeit, seine Gedanken zu ordnen. Bis der Tatort geräumt war, würde er die Gäste im Dorf beschäftigen müssen. Darauf hatte er sich mit dem Kommissar geeinigt. Es war makaber. Aber es war nun mal so. Friedhoff malte sich schon lebhaft aus, was die Leute ihm alles an den Kopf werfen würden. Aber er konnte die Feier so kurzfristig nicht mehr absagen. Ihm wäre es auch lieber gewesen, der Tag hätte harmonischer begonnen. Aber nun mussten sich eben alle Beteiligten mit den Gegebenheiten arrangieren. Friedhoff zückte das Handy und informierte seinen Gemeinderat über den Vorfall. Dann machte er sich im Laufschritt auf den Weg ins Dorf.

Hannes Blattner war ein Frauenheld, der auch vor Friedhoffs Frau nicht haltgemacht hatte. Aber das lag Jahre zurück. Friedhoff hatte sich damals klug und besonnen verhalten. Er war sich von Anfang an sicher, dass seine Frau sich letzten Endes für ihn entscheiden und wieder zurückkommen würde. Er musste nur abwarten. Und genau so kam es. Für so einen Tausendsassa wie Blattner war sich Vera viel zu schade. Friedhoff hatte seine Frau nie auf diese kurze Affäre angesprochen. Das Risiko, sie zu verlieren, war ihm zu groß. Und auch Vera hatte die Sache nie erwähnt, obwohl sie – wie Friedhoff glaubt – ahnte, dass er Bescheid wusste.

Bevor Friedhoff in die Zehntgasse einbog, in der das Pfarrhaus stand, das er und Vera erst kürzlich bezogen hatten, blieb er vor der Pfarrkirche stehen. Friedhoff war eigentlich kein gläubiger Mensch. Obwohl er ein getaufter Christ war, hatte er den Zugang zur katholischen Kirche nie wirklich gefunden.

Aber jetzt, gerade in diesem Moment, spürte er ein so großes Verlangen nach einer göttlichen Übermacht, dass er die steinernen Stufen zum Eingangsportal hochstieg. Die schmiedeeiserne Klinke fühlte sich eiskalt an unter seinen schweißnassen Händen. Er öffnete das schwere Holzportal und betrat das Gotteshaus. Der Duft nach brennenden Kerzen und abgestandenem Weihrauch weckte Erinnerungen an seine Jugend. Als Ministrant war ihm oft übel geworden von dem ungewohnten Geruch des Rauchfasses. Jetzt erzeugte der Duft bei ihm eher das Gefühl von Geborgenheit und Wärme, was ihm nach den Ereignissen am Morgen guttat. Friedhoff zündete an dem kleinen Seitenaltar, der dem Schutzpatron der Dorfkirche geweiht ist, eine Kerze an und setzte sich in eine der Bänke. Er atmete bewusst langsam ein und aus und strich mit der Hand über das abgenutzte Holz, das sich warm und weich anfühlte und ihm ein wohliges Gefühl vermittelte. Die Ruhe in der Kirche übertrug sich allmählich auf ihn. Mit den Ellbogen auf den Knien, stützte er seinen Kopf in die Hände. Eine ganze Zeit lang verweilte er in dieser Position, bis das innere Zittern allmählich nachließ und er sich in der Lage fühlte nach Hause zu gehen.

Bip-bip, bip-bip. Auf seinem Handy ging eine Kurznachricht ein. Vera machte sich Sorgen, wo er so lange blieb.

Sie stand schon in der Haustür, als er kurz darauf in die Zehntgasse einbog. Friedhoff sah an Veras Blick, dass sie Bescheid wusste. Die Nachricht von Blattners Tod hatte sich im Dorf wie ein Lauffeuer verbreitet.

In der Küche war der Frühstückstisch noch gedeckt. Aber Vera goss ihm statt eines Kaffees erst einmal einen Klaren ein.

„Hier trink das."

Friedhoff leerte das Glas in einem Zug. Er schüttelte sich. An Hochprozentiges auf nüchternen Magen war er nicht gewöhnt. Vera schaute gedankenverloren aus dem Fenster, während Friedhoff sich dazu zwang wenigstens einen kleinen Bissen zu sich zu nehmen. Widerwillig biss er in das Brötchen. Sofort tauchten die Bilder von Hannes vor seinem Auge auf und er musste einen Brechreiz unterdrücken. Er legte die Semmel zurück auf den Teller und schielte heimlich zu seiner Frau herüber. Vera hatte ihr schulterlanges brünettes Haar zu einem Pferdeschwanz gebunden. Trotz der silbernen Strähnen, ließ die Frisur seine Frau jünger aussehen, als sie war. Wie immer war Vera dezent geschminkt. Zu ihren engen dunklen Jeans trug sie eine hellblaue Bluse, einen dunklen Blazer und ein Paar modisch bunte Turnschuhe.

„Hast du schon mit Kristin gesprochen?“, fragte Vera, ohne sich zu ihrem Mann umzudrehen.

„Nein, noch nicht. Ich werde nachher, wenn die offizielle Feier vorbei ist, nach ihr sehen.“

Für einen Moment war es still im Raum. Dann sprach Vera weiter: „Ich muss dir noch was sagen, Martin.”

„Später“, unterbrach Friedhoff seine Frau. „Jetzt muss ich mich umziehen, sonst kommen wir noch zu spät.“

Er wusste, was Vera ihm sagen wollte. Er wusste auch, dass er es nicht hören wollte. Nicht jetzt und auch nicht später. Er ging nach oben, schlüpfte in seine Jeans und zog sich ein luftiges Hemd über. Der Morgennebel hatte sich längst verzogen und es versprach, ein schöner Tag zu werden.

Als die Friedhoffs sich kurz darauf auf den Weg ins Dorf machten, herrschte dort ein reges Treiben. Alle Einwohner des Sechshundert-Seelen-Dorfes schienen auf den Beinen zu sein. Zudem strömten Tausende von Gästen in den Ort, der den Anschein machte, als stünde er kurz vorm Bersten. Stoßstange an Stoßstange kämpfte sich die endlos lange Blechlawine langsam bis zur Ortsmitte vor.

Der Bürgermeister und seine Frau schlängelten sich an parkenden Autos vorbei, von denen die meisten fremde Kennzeichen hatten. Vera nahm die Hand ihres Mannes und drückte sie ein bisschen zu fest. Der Bürgermeister wusste, was sie ihm damit mitteilen wollte. Er löste sich von ihr und legte den Arm um ihre schmalen Schultern.

Als sie eng umschlungen wie zwei verliebte Teenager den Parkplatz in der Dorfmitte erreichten, war dieser bereits restlos überfüllt. Vor der Dorfwirtschaft hatte sich eine riesige

Menschentraube gebildet. Als Friedhoff auftauchte, geriet plötzlich Bewegung in die Menge. Ein massiger Mann kam auf Friedhoff zu und baute sich drohend vor ihm auf. Der Bürgermeister vernahm den unangenehmen Geruch von menschlichem Schweiß und rümpfte die Nase. Irgendwo hatte er den Kerl schon einmal gesehen. Während Friedhoff noch überlegte, sah er sich schon Auge in Auge mit einer quietschgelben Kamera und blickte direkt in ein riesiges Objektiv.

„Herr Friedhoff. Sie haben den Toten gefunden", drang die aufdringliche Stimme seines Gegenübers an sein Ohr. „Was können Sie uns dazu sagen? Gibt es schon einen Verdächtigen? Wie sah der Tote aus? Er soll ja übel zugerichtet gewesen sein."

Augenblicklich fiel Friedhoff wieder ein, wen er da vor sich hatte. Der Kerl vor ihm war Pitt Seibel, ein Reporter vom *Wochenanzeiger*. Er bedrängte den Bürgermeister mit Fragen und drückte gleichzeitig wie ein wildgewordener Affe auf den Auslöser der Kamera. *Klick, klick, klick*, machte es in einem fort. Verärgert schob Friedhoff das Objektiv beiseite. „Seibel, jetzt lassen Sie es mal gut sein. Die Polizei hat die Ermittlungen aufgenommen. Und ich wäre Ihnen dankbar, wenn Sie deren Arbeit nicht behindern würden."

Der Reporter knurrte etwas Unverständliches, zog dann mit grimmiger Miene und in seiner Ehre gekränkt von dannen und verschwand in der Menschenmenge.

Natürlich überschattete der Mord auf der Brücke die Eröffnungsfeierlichkeiten. Aber das gute Wetter und die atemberaubende Aussicht über das Tal ließen die Gäste nur allzu schnell vergessen, was sich hier erst wenige Stunden zuvor zugetragen hatte. Viele wussten auch noch gar nicht, was passiert war.

Das Sonnenlicht tauchte die Hängeseilbrücke in einen goldenen Glanz und belohnte die Besucher, die teils weite Wege zurückgelegt hatten, um bei der offiziellen Eröffnung dabei zu sein. Mit mehr als fünftausend Besuchern am Eröffnungstag platzte das kleine Dorf fast aus allen Nähten. Die Gastronomiebetriebe verzeichneten ungeahnt hohe Umsätze. Emsig wie Ameisen waren die Einwohner dabei, die unzähligen Gäste mit Snacks und Getränken zu bewirten. Von allen Seiten war aufgeregtes Geschnatter und Gelächter zu hören. Die schrecklichen Ereignisse vom Vormittag sorgten zwar bei dem einen oder anderen für Gesprächsstoff, schienen aber niemanden wirklich tief zu berühren.

In der ganzen Euphorie um die Eröffnung der längsten Hängeseilbrücke Deutschlands ging auch die sorgfältig geplante Demonstration der Aktionsgruppe *Grüner Hunsrück* irgendwie unter. Eine kleine Gruppe von Aktivisten hatte sich mit Protestplakaten und Transparenten vor der Brücke formiert, aber kaum einer der Gäste schien sich für eine Fledermaus zu interessieren, von deren Existenz niemand je zuvor gehört hatte. Obwohl Elfi Zilles und ihre Mitstreiter die Passanten unermüdlich ansprachen und immer wieder auf ihre Pflicht zum Artenschutz aufmerksam machten. Irgendwann gaben die Demonstranten auf, rollten ihre Plakate zusammen und überließen den brückenfreudigen Wanderern das Feld.

Das aufgeregte Treiben im Dorf übertönte nicht nur die Protestrufe der Aktionsgruppe, sondern ließ die meisten auch vergessen, dass man hier nur wenige Stunden zuvor einen Toten gefunden hatte, von dem noch niemand wusste, wie er ums Leben gekommen war.

Am Abend, als das Dorf auf einen Schlag wie leergefegt war, machte Martin Friedhoff sich auf den Weg zu Kristin Blattner, der Witwe des Toten.

Als Friedhoff das schmiedeeiserne Tor erreichte, dämmerte es bereits. Auf sein wiederholtes Klingeln erfolgte keine Reaktion. Das Haus wirkte verlassen. In keinem der Fenster war Licht zu sehen. Ob Kristin schon ins Bett gegangen war? Friedhoff sah auf seine Armbanduhr. Es war nicht mal sieben. Also noch keine Schlafenszeit. Allerdings waren die Umstände für Kristin ungewöhnlich. Möglicherweise hatte sie sich doch schon hingelegt. Friedhoff wollte keine Möglichkeit ungenutzt lassen, ging um das Haus herum und entdeckte eine Stelle, an der ein Loch im Maschendrahtzaun klaffte. Er zögerte kurz, kroch dann aber hindurch. Mit einem Satz sprang er über die Ligusterhecke und fand sich Auge in Auge mit der Hausherrin im Garten der Blattners wieder. Kristin fuhr erschrocken zusammen, als Friedhoff plötzlich im Dunkeln vor ihr stand.

„Martin. Hast du mich erschreckt. Was machst du hier in meinem Garten?“

„Entschuldige bitte Kristin. Ich wollte nach dir sehen. Als niemand geöffnet hat, habe ich mir Sorgen gemacht.“

„Und bist dann über die Hecke geklettert?“ Kristins Ton war scharf.

Obwohl er ein Freund der Familie war, wurde Friedhoff das Gefühl nicht los, dass er sie bei etwas ertappt hatte, das nicht für seine Augen bestimmt war. „Was um Himmels willen tust du denn da im Dunkeln?“ Was hatte sie so verschreckt? Er konnte sich nur schwerlich vorstellen, dass Kristin Blattner verbotene Hanfpflanzen oder Ähnliches in ihrem Garten anbaute.

„Ach nichts. Ich musste mich nur abreagieren. Komm, wir gehen ins Haus." Kristin hatte ihren freundschaftlichen Umgangston wiedergefunden und bedeutete Martin Friedhoff, ihr ins Wohnzimmer zu folgen. Die Gartenutensilien ließ sie unbeachtet draußen liegen.

Sechs

Mord überschattet die Eröffnung der neuen Brücke. Schon seit Stunden feilte Franka an dem Artikel für die Montagsausgabe. Endlich war alles so, wie sie es sich vorgestellt hatte. Nicht zu reißerisch, aber dennoch spannend geschrieben. Sie drückte auf Speichern und klappte zufrieden den Laptop zu.

Erst jetzt merkte sie, dass sie Hunger hatte. Ihr fiel der leere Kühlschrank wieder ein. „Mist", entfuhr es ihr halblaut. Wegen des ganzen Rummels im Dorf war sie natürlich wieder nicht zum Einkaufen gekommen. Zugegebenermaßen war Essen auch wirklich das Letzte, an das sie gedacht hatte, als sie von der Leichenschau auf der Hängeseilbrücke zurückgekommen war. Frankas Knie wurden jetzt noch weich, wenn sie an das grauenhaft zugerichtete Gesicht des Toten dachte. Sie versuchte die entsetzlichen Bilder vom Vormittag zu verdrängen. Die Journalistin war froh, dass Berger sie nach Hause gefahren hatte.

„Der Kommissar", seufzte sie. Eigentlich ein ganz attraktiver Mann. Berger gefiel ihr, das musste Franka unumwunden zugeben. Ob er verheiratet war? Ein schmerzhaftes Ziehen in der Magengegend hinderte sie daran, weiter über Jan Berger nachzudenken. Franka musste etwas essen, bevor ihr schlecht wurde. Außer einem Kaffee und dem heißen Tee am frühen Morgen hatte sie den ganzen Tag noch nichts zu sich genommen. In Anbetracht ihrer dürftigen Vorräte, blieb Franka nur noch ein Ausweg. Mit knurrendem Magen machte sie sich auf den Weg in die Dorfwirtschaft.

„Einmal Schnitzel mit Pommes und Salat." Resi stellte den Teller vor Franka auf den Tisch. „Die Fritten sind selbstgemacht", fügte die Wirtin voller Stolz hinzu.

„Hmmm. Sieht lecker aus." Franka lief das Wasser im Mund zusammen. Sie hatte einen Bärenhunger und das Stück Fleisch auf ihrem Teller hing auf beiden Seiten deutlich über den Rand. Genau das, was Franka im Moment brauchte. „Bring mir doch auch bitte noch eine große Flasche Mineralwasser dazu."

„Keinen Rotwein?" Resi grinste süffisant.

„Nein, keinen Rotwein. Denkst du ich geb mir hier täglich die Kante, oder was?"

„Nein, Quatsch. Weiß ich doch, dass du sonst nicht so viel trinkst." Resi blieb an Frankas Tisch stehen und zupfte an der Tischdecke herum. Franka hatte das Gefühl, das die Wirtin noch etwas anderes auf dem Herzen hatte als eine unsichtbare Falte in der gut gestärkten Tischdecke. Es dauerte nicht lange, bis sie mit der Sprache herausrückte: „Du sag mal, was wollte eigentlich der Jupp gestern von dir und dem Leo?"

„Der Jupp? Keine Ahnung? Was wollte der denn?" Franka erinnerte sich zwar dunkel daran, dass der alte Bauer sich zu später Stunde zu ihr und Leo gesellt hatte. Aber in einer Dorfkneipe ist es nicht außergewöhnlich, sich zu anderen dazuzusetzen. Was er gewollt hatte, wusste sie aber wirklich nicht mehr.

„Doch, der Jupp kam doch zu euch und hat immerzu etwas gequasselt von einem Schweinehund und irgendwas mit 'm Acker. Was meinte er denn damit?"

„Keine Ahnung. Musst du Leo fragen. Ich hab da gar nicht so genau hingehört."

„Resi, wo bleibt mein Bier?" Am Tisch nebenan wurde die Männerrunde langsam unruhig und Resi musste das Gespräch leider beenden.

Aber recht hatte sie. Franka erinnerte sich jetzt auch wieder daran, dass Schmitz Jupp ihnen irgendwas hatte sagen wollen. Aber Leo und sie waren so in ein Gespräch über die neue Regelung des gesetzlichen Mindestlohns vertieft, dass sie ihm gar nicht richtig zuhörten. Vielmehr interessierte Franka sich dafür, dass Leo ihr von einem Bekannten erzählte, der als Lkw-Fahrer bisher weniger als „achtfuffzisch" verdient hatte. Sein Chef hatte ihm die Festanstellung kürzlich aber gekündigt. Wenn er weiter für ihn fahren wollte, dann sollte er sich doch selbstständig machen, lautete nach Leos Aussage der Tenor des Spediteurs. Franka erinnerte sich ganz klar daran, dass sie noch dachte: Na das ist Stoff für eine Story. Sie hatte bloß ganz vergessen, Leo nach dem Namen des Bekannten zu fragen. Mit dem würde sie sich gerne mal unterhalten.

Was Jupp dann aber von ihnen wollte, wusste sie tatsächlich nicht mehr. Vielleicht erinnerte Leo sich und konnte mit Informationen dienen, um Resis Neugier zu befriedigen. Franka sollte Leo unbedingt noch mal auf die Sache mit der Scheinselbstständigkeit ansprechen. Das war ein Aufregerthema, dem sie unbedingt nachgehen sollte. Dass ein Firmeninhaber den gesetzlich verankerten Betrag auf so einfache Art und noch dazu legal umgehen konnte, fand Franka eine Sauerei. Die Fahrer sollten eine Firma gründen, aber weiterhin für denselben Arbeitgeber fahren. Was sie als Selbstständige verdienen, interessiert Vater Staat nämlich nicht. Nur Angestellte haben das Recht auf den Mindestlohn. Eine Riesensauerei. Franka hätte zu gerne gewusst, um welche Firma es sich handelte. Vielleicht war Leos Bekannter ja zu einem Interview bereit. Das Material bot genügend Inhalt, um eine richtig große Geschichte daraus zu machen. Wenn die Zentrale mitspielte, vielleicht sogar eine Reportage fürs Wochenendjournal in der Samstagsausgabe.

Franka goss sich die Extraportion Rahmsauce über das Fleisch und fing genüsslich an zu futtern. Die ausstehende Story vertrieb glücklicherweise die Bilder vom Vormittag. Das Essen schmeckte vorzüglich. Kochen konnten die Hunsrücker, das musste Franka ihnen lassen. Trotzdem wollte sie sich nicht angewöhnen, jeden Tag im Wirtshaus zu essen. Auch wenn ihr der Gedanke daran, nicht selbst kochen zu müssen, nur allzu verlockend erschien. Bevor Franka das Lokal verließ, fragte sie Resi noch nach einer Portion Katzenfutter für Rubens. Schließlich sollte das arme Vieh übers Wochenende nicht verhungern müssen. Inzwischen zweifelte Franka nämlich daran, dass der Kater in der Lage war, sich sein Fressen selbst zu besorgen.

Sieben

Ihre Hände fühlten sich eiskalt an. Verkrampft krallten sich ihre Finger in die mit Leder überzogenen Lehnen des Freischwingers, so fest, dass kein Blut mehr durch ihre Adern fließen konnte. Vor ihren Augen verschwamm das Bild des kühl eingerichteten Zimmers. Undeutlich nahm sie ein Fenster wahr und den Mann mit dem weißen Kittel, der ihr gegenüber am Schreibtisch saß. Seine Worte hallten noch in ihren Ohren: „... die Gewebeprobe war positiv ..., das Karzinom hat sich vergrößert ..., würde ich vorschlagen eine Seite abzunehmen ... sicherheitshalber... damit es nicht streut ...“

Sie konnte keinen klaren Gedanken fassen. In ihrem Kopf ging es zu wie auf einer Achterbahn. Das Bild vor ihren Augen begann sich zu drehen. Tränen schossen ihr in die Augen, sodass sie nun überhaupt nichts mehr sehen konnte. Sie versuchte nicht einmal sie zu trocknen. Wie versteinert saß sie auf dem Stuhl im Besprechungszimmer ihres Gynäkologen und brachte kein Wort mehr hervor. Sie zitterte und ihr war kalt. Dabei war es doch nur eine Routinekontrolle gewesen. Ab vierzig sollte man doch regelmäßig eine Mammographie durchführen lassen. Nicht im Traum hatte sie daran gedacht, dass etwas nicht in Ordnung sein könnte. Sie hatte nichts gespürt. Keinen Knoten in der Brust fühlen können. Keine Schmerzen. Nichts. Das Karussell in ihrem Kopf drehte sich schneller, immer schneller, bis sie ihren Körper nicht mehr spüren konnte. Ihr wurde übel. Plötzlich wurde alles um sie herum dunkel und sie hörte einen dumpfen Knall.

„Schwester bringen Sie eine Infusion. Schnell!" Wie aus weiter Ferne waren undeutlich die Worte des Arztes zu vernehmen. „Und rufen Sie den Rettungswagen. Die Patientin muss ins Krankenhaus."

Die Arzthelferin legte ihr ein Kissen unter den Kopf und lagerte ihre Beine hoch. Wenige Minuten später traf der Rettungswagen ein. Die Sanitäter hoben sie auf die Bahre und rasten mit ihr zur Notaufnahme des Städtischen Krankenhauses.

Schweißgebadet wurde Kristin Blattner wach. Sie lag auf dem handgewebten indischen Kaschmirteppich, den Hannes von einer seiner Herrentouren mitgebracht hatte. Vor ihr auf dem Boden ein leeres Glas. Der Inhalt – vermutlich Irish Malt Whisky, Kristin erinnerte sich nicht mehr genau – verschüttet auf dem sündhaft teuren Vorleger. Sie musste auf dem Sofa eingeschlafen sein und geträumt haben. Seit Monaten verfolgte dieser Albtraum sie und raubte ihr den Schlaf.

Das Schlimmste aber war, dass es gar kein Traum war. Dieser Albtraum war Wirklichkeit. Kristin fühlte ihre flache Brust. Nichts erinnerte mehr an ihre ehemals schönen Wölbungen. Totalamputation. Alles weg. Flach wie ein Brett. Das Karzinom hatte bereits gestreut. Beide Brüste mussten ihr abgenommen werden. Sechs Operationen hatte sie über sich ergehen lassen müssen. Es tut mir leid, hatte der Arzt im Krankenhaus zu ihr gesagt. Wir haben getan, was wir konnten. Aber es gab schon Metastasen im gesamten Brustraum. Es war zu spät, um noch etwas zu retten.

„Wenn Sie wollen, können wir später mit Silikon wieder aufbauen. Das wird heute so gut gemacht, da merkt Ihr Mann gar keinen Unterschied." Das blöde Grinsen des jungen Mediziners würde sie nie vergessen. Am liebsten hätte sie ihm eine reingehauen. Aber selbst dafür war sie zu schwach. Stattdessen drehte sie sich zur Seite und sagte gar nichts. Endlose Wochen verbrachte sie im Krankenhaus.

Hannes besuchte sie fast täglich. Er brachte ihr Bücher mit. Süßigkeiten. Blumen. Sie hatte keine Lust zum Lesen und wollte auch keine Süßigkeiten. Gebundene Biedermeiersträußchen mit Margeriten und Rosen waren ihr schon immer ein Graus. Sie wollte in Ruhe gelassen werden.

Aber noch lieber würde sie die Zeit einfach zurückdrehen. Sie waren doch auch einmal glücklich gewesen. Ohne mit der Wimper zu zucken, hatte Kristin ihr altes Leben aufgegeben, um mit Hannes im Hunsrück zu leben. Und das hatte sie gerne getan. Niemand hatte sie dazu gezwungen. Ihr Vater war damals wirklich alles andere als begeistert, nachdem sie ihren Eltern eröffnet hatte, dass sie Hannes heiraten würde. Hannes, der aus diesem Kuhdorf kam und weder Abitur geschweige denn ein Studium vorweisen konnte, war in den Augen ihres Vaters seiner Tochter nicht würdig. Aber Kristin wusste, was sie tat. Sie liebte Hannes und war sich sicher, dass sie, egal wo auf dieser Welt, mit diesem Mann glücklich sein konnte. Leider holte der Alltag die beiden Frischverliebten sehr schnell ein. Hannes war bestrebt viel Geld zu verdienen. Wenn er schon nicht mit einem akademischen Titel aufwarten konnte, so wollte er seinem Schwiegervater wenigstens beweisen, dass er seine Frau nicht nur ernähren, sondern ihr auch etwas bieten konnte. Unzählige Stunden verbrachte er im Büro. Auch an den Wochenenden sahen sie sich kaum.

Kristin saß zu Hause und langweilte sich. Mit den Frauen im Dorf wurde sie nicht richtig warm. Sie waren nett zu ihr, ließen sie aber immer wieder spüren, dass sie keine Einheimische war. Die schlimmste Zeit für die junge Frau kam aber, als sich von einem Tag auf den anderen die Gespräche ihrer Bekannten nur noch ums Stillen, Windeln wechseln und pädagogisch wertvolle Spielsachen drehten. Nur bei Blattners blieb der ersehnte Kinderwunsch, trotz intensivem Bemühen, aus. Irgendwann gab sie auf. Sie wollte nicht länger um etwas kämpfen, dass ihr offensichtlich nicht zustand, und fand sich mit der Tatsache ab, keine Kinder zu haben.

Hannes litt unter der Kinderlosigkeit in ihrer Ehe mehr als Kristin. Sie spürte, wie er sich mehr und mehr von ihr entfernte. Er kam immer später nach Hause und roch nach fremdem Parfüm. Sie gab sich die Schuld an ihrer Situation und hatte ein schlechtes Gewissen ihrem Mann gegenüber, obwohl gar nicht klar war, ob es an ihr lag, dass sie keine Kinder bekamen. Irgendwann hörte Kristin auf, auf ihren Mann zu warten, und zog ins Gästezimmer.

Acht

Jan Berger stellte seinen Wagen vor dem Bürogebäude der Spedition ab. Es war kurz vor Mittag. Auf dem Parkplatz standen zwei Personenkraftwagen sowie mehrere Lkw, mit dem Schriftzug und dem Firmenlogo von Blattners Unternehmen. Als Berger ausstieg, klingelte sein Handy.

„Jan, hier ist Annabel. Denkst du daran, dass du nächstes Wochenende mit Ben dran bist?" Es war Bergers Ex-Frau.

„Natürlich denke ich daran. Glaubst du, nur weil du mich verlassen hast, vergesse ich meinen Sohn?" Seine Antwort klang einen Tick zu schnippisch. So hatte er es gar nicht gemeint. Aber das Annabel ihn verlassen hatte, schmerzte ihn noch immer. Er hätte eingesehen, dass das unstete Leben eines Polizisten für eine Frau nicht sonderlich angenehm war. Aber das Annabel mit einem Kollegen durchbrannte, der ihm in Sachen Unzuverlässigkeit um nichts nachstand, das hatte er ihr bis heute nicht verziehen. Sie war mit Ben im Haus geblieben, dass er in direkter Nachbarschaft zu seinem Elternhaus für seine Familie gebaut hatte. Er selbst hatte es vorgezogen sich nach der Trennung eine Wohnung in der Stadt zu suchen. Das hatte wenigstens den Vorteil, dass sein Arbeitsweg ins Präsidium deutlich kürzer war, als vom Hunsrück aus. Den Schmerz über die Trennung konnte er nur schwer überwinden. Wenn er allerdings ehrlich zu sich war, musste er sich eingestehen, dass er, der bodenständige Beamte und seine Exfrau, die quirlige Jetsetterin, nie sonderlich gut zueinander gepasst hatten. Trotz des alten Grolls, versuchte Berger seiner Exfrau respektvoll zu begegnen. Das war er allein Ben schuldig.

„Tut mir leid. Ich hab's nicht so gemeint. Ich habe nur gerade einen Mordfall im Hunsrück an der Backe", entschuldigte er sich.

„Was?“ Annabel schrie ihm so laut ins Ohr, dass ihm sein Handy vor Schreck fast aus der Hand fiel. „Ein Mord hier bei uns im Hunsrück?“

„Es ist zwar fast nicht zu glauben, aber ja es ist tatsächlich so.“

„Du lieber Himmel. Wer ist es?“

Berger zögerte einen Moment. Dann sagte er vorsichtig: „Blattner. Der Tote ist Hannes Blattner.“ Eigentlich durfte er solche Interna nicht verraten. Aber spätestens nach den Eröffnungsfeierlichkeiten machte die Neuigkeit ohnehin in der ganzen Gegend die Runde.

„Der Spediteur?“, rückversicherte sich Annabel bei ihrem Ex-Mann, der sich nicht darüber wunderte, dass seine Exfrau den Toten kannte.

„Behalt das bloß für dich, bis du es offiziell aus dem Radio oder der Zeitung erfährst.“

„Okay, Okay. Aber Friedhelm kann ich es doch ...“

„Annabel!“ Bergers Stimme nahm einen bedrohlichen Tonfall an.

„Ja, ist ja schon gut, ich halt die Klappe.“ Annabel wechselte das Thema: „Also, ich fliege übers Wochenende nach Paris. Hol Ben bitte am Freitag von der Schule ab und bring ihn auch Montag früh wieder hin. Bis zum Unterrichtsende bin ich zurück, sodass ich den Jungen selbst abholen kann.“

„Geht klar. Gib dem Jungen einen dicken Kuss von mir. Und sag ihm, dass ich mich schon auf unser Wochenende freue. Und dir … schönen Urlaub“, murmelte er noch schnell, bevor er auflegte.

Die gläserne Eingangstür war verschlossen. Berger trat einen Schritt zurück und schaute sich das Gebäude an. Schien alles nagelneu zu sein. Genau wie bei seinem privaten Wohnhaus hatte Blattner auch hier so richtig geklotzt.

Wenn Berger es nicht besser wüsste, könnte er glauben, er stünde im Bankenviertel von Frankfurt. Vor ihm erstreckte sich ein opulenter Kasten, an dem viel Glas und Edelmetall verbaut worden war. Im Kopf des Polizeibeamten stiegen leise Zweifel auf, ob er nicht vielleicht doch den falschen Beruf gewählt hatte. Selbst mit der Besoldungsklasse eines Kriminalhauptkommissars waren solche Sperenzchen leider nicht drin.

Begleitet vom leisen Rauschen der Gegensprechanlage, meldete sich auf Bergers Klingeln eine angenehme weibliche Stimme. Kurz darauf ertönte ein Summer. Berger drückte die Tür auf und fand sich in einer lichtdurchfluteten Eingangshalle wieder. Keine zwei Sekunden später stand die Stimme aus der Gegensprechanlage in Form einer attraktiven Blondine vor ihm, und bat ihn, ihr zu folgen.

Georg Metzler, Büroleiter, verkündeten große Lettern an der Tür des Prokuristen. Die angenehme Stimme klopfte zaghaft und drückte die Klinke herunter, sodass Berger eintreten konnte.

Ein hochgewachsener Mann erhob sich aus einem schweren schwarzen Ledersessel und bedeutete Berger mit einer Geste, ihm gegenüber Platz zu nehmen. Als Berger den Grund seines Erscheinens nannte, wich augenblicklich das Lächeln aus Metzlers Gesicht. Berger beobachtete sein Gegenüber ganz genau. Er hatte eine gute Menschenkenntnis, aber diesmal war er nicht ganz sicher, ob das Entsetzen nur gespielt war, oder ob Metzler wirklich so ahnungslos war, wie er tat.

„Ich arbeite seit zwanzig Jahren für Blattner. Entschuldigen Sie Herr Kommissar, wir kennen uns schon seit …", Metzler stockte, „… seit Kindertagen. Ich bin … ich weiß gar nicht, was ich sagen soll. Ein Mann in Blattners Position hat sicher nicht nur Freunde. Aber jemanden hassen oder einen Mord begehen, das sind doch zwei Paar Schuhe." Metzler versuchte seine Nervosität zu überspielen.

Aber Berger entging nicht, dass seine Hände verkrampften. Außerdem sprach Metzler für Bergers Geschmack zu viel und zu schnell. „Wann haben Sie Ihren Chef zum letzten Mal lebend gesehen?" Eine Standardfrage, die Berger immer stellte.

Metzler überlegte kurz, bevor er antwortete: „Gestern Abend. Ja, gestern Abend. Da bin ich mir ganz sicher. Ich habe Überstunden gemacht. Es muss so gegen zweiundzwanzig Uhr gewesen sein, als ich Stimmen auf dem Parkplatz hörte. Ich habe dann aus dem Fenster geschaut und Hannes zwischen den parkenden Wagen erkannt."

„Und weiter?"

„Nichts weiter. Ich wollte ohnehin gehen und habe dann meine Sachen zusammengepackt. Als ich nach draußen kam, war aber niemand mehr zu sehen."

„Mit wem hat Ihr Chef denn geredet?"

„Das konnte ich nicht sehen. Es war ja dunkel."

„Aber Blattner haben Sie erkannt?"

„Ja."

„Im Dunkeln."

„Nein. Das heißt ja." Die Fragerei schien Metzler noch unruhiger zu machen, als er ohnehin schon war. „Also Blattner habe ich sehen können, weil er im Lichtkegel der Parkplatzbeleuchtung stand."

„Und sonst ist Ihnen nichts aufgefallen?"

„Als ich nach draußen kam, war der Chef weg und sein Auto auch. Ich bin dann in meinen Wagen gestiegen und nach Hause gefahren."

Berger schaute Metzler durchdringend an.

„Hören Sie, ich war hundemüde. Mein Arbeitstag fängt pünktlich um sieben Uhr dreißig an. Können Sie sich vorstellen, dass man nach mehr als vierzehn Stunden Büroarbeit einfach nur noch nach Hause will?“, verteidigte sich der Büroleiter.

Ja, das konnte Berger sich vorstellen. Solche Tage kannte auch der Kommissar nur zu gut. Er beschloss den Mann vorerst nicht weiter zu quälen. „Nur noch eine letzte Frage. War außer Ihnen sonst noch jemand hier?“

„Um diese Zeit? Ich bitte Sie. Natürlich nicht.“

„Auch nicht Ihre Sekretärin?“

„Das ist nicht meine Sekretärin. Das ist die des Chefs.” Metzler klang ein wenig gereizt. „Ich denke nicht, dass sie hier war. Ich habe auf alle Fälle niemanden sonst gesehen. Vielleicht war jemand draußen. Blattner muss ja mit jemandem geredet haben.“

„Stand außer Ihrem und Blattners Fahrzeug noch ein anderer Wagen auf dem Parkplatz?“

„Na ja. Ein paar Autos von den Fernfahrern waren wohl noch da. Die kommen oft erst spät zurück von ihrer Tour.“

„Erinnern Sie sich daran, welche Wagen da standen?“

„Da müsste ich überlegen. Nein. Tut mir leid. Ich habe auch ehrlich gesagt nicht so genau hingesehen.”

„Aber dass noch mindestens ein anderer Wagen da war, das können Sie schon mit Sicherheit sagen?“

Metzler rutschte unruhig auf dem Sessel hin und her und rieb sein Kinn zwischen Daumen und Zeigefinger.

„Zwei“, sagte er dann unvermittelt. „Ja, ich bin mir sicher, dass draußen noch zwei Autos auf dem Parkplatz standen. Blattners Geländewagen stand ziemlich genau zwischen den beiden anderen Autos. Aber welche das waren? Keine Ahnung!“

Berger erhob sich. „Falls es Ihnen noch einfällt, rufen Sie mich bitte an." Zum zweiten Mal an diesem Tag zückte der Kommissar eine seiner Visitenkarten. Diesmal reichte er sie dem Büroleiter. Er war schon an der Tür, als er Metzler auf einmal sagen hörte: „Warten Sie. Jetzt fällt es mir wieder ein."

Der Kommissar drehte sich noch einmal um.

„Eines der Autos war so ein sportlicher Flitzer mit einer Flamme auf der Motorhaube. Aufgemalt, oder was weiß ich. So etwas sieht man ja manchmal. Hier in der Gegend ist das allerdings eher ungewöhnlich."

„Erinnern Sie sich an die Marke?"

„Wie gesagt, es war so was Sportliches. Tiefergelegt. An die Marke erinnere ich mich nicht. Vielleicht ein Opel. Kann aber auch ein Japaner gewesen sein. Wie gesagt, ich habe nicht so genau hingesehen."

„Dann wissen Sie auch nicht, ob einer der Mitarbeiter ein solches Auto fährt?"

„Die privaten Fahrzeuge der Mitarbeiter kenne ich leider nicht. Ich interessiere mich auch nicht sonderlich für Autos. Aber den Wagen habe ich vorher noch nie auf dem Gelände gesehen. Tut mir leid."

„Vielleicht können Sie sich ja mal in der Firma umhören, ob jemand weiß, wer so ein Auto fährt", entgegnete Berger und wandte sich erneut zum Gehen.

Bei so einem auffälligen Modell durfte es ja nicht allzu schwierig sein herauszufinden, wem das Auto gehörte. Auf dem Weg zu seinem Wagen resümierte Berger: Blattner war am Abend vor seinem Tod mit seinem Geländewagen in der Firma. Als Berger am Vormittag der Witwe die Todesnachricht überbrachte, stand vor Blattners Privathaus allerdings ein blitzeblank geputzter Cayenne Turbo. Da blieb doch die

Frage, wie das Fahrzeug vom Firmenparkplatz zum Wohnhaus gekommen war? Der Tote konnte den Wagen jedenfalls nicht mehr vor der Garage abgestellt haben.

Berger nestelte sein Handy aus der Tasche und wählte die Nummer der Dienststelle in Simmern. „Hansen? Schick noch mal die Spusi raus. Die sollen das Gelände um die Brücke nach Reifenspuren absuchen."

„Längst passiert, Chef. Das hab ich schon routinemäßig veranlasst", nuschelte Hansen. Es hörte sich so an, als ob er gerade an einem Brot kaute und es dauerte ein paar Sekunden, bis er hinzufügte: „Ich glaube auch nicht, dass jetzt, nachdem ein paar Hundert Leute da herumgetrampelt sind, noch was Brauchbares zu finden wäre."

„Hast recht. Gute Arbeit, Hansen", bedankte Berger sich bei seinem jungen Kollegen.

„Sind Sie noch unterwegs, Chef?", wollte Hansen wissen. „Wegen dem Bericht, meine ich."

„Wegen des Berichts", murmelte Berger leise. Er konnte es sich einfach nicht verkneifen, seine Kollegen im Hunsrück immer wieder auf die grammatikalischen Unzulänglichkeiten der Region aufmerksam zu machen. „Ich bin in einer halben Stunde bei euch und setze mich sofort an den Schreibtisch."

Berger beendete das Telefonat. Er stöhnte. Er liebte seine Arbeit. Wenn bloß dieser verdammte Innendienst nicht wäre. Natürlich war ihm klar, dass der Bericht diesmal besondere Priorität hatte. Außerdem musste in diesem Fall so schnell wie möglich eine Pressemitteilung herausgegeben werden. Bis er Hansen soweit hatte, dass er den lästigen Schreibkram übernehmen konnte, würde wohl noch reichlich Wasser die Mosel runterfließen. Der Gedanke an eine Pressekonferenz mit Journalisten hob seine Stimmung allerdings wieder. Möglicherweise würde er bei der Gelegenheit Franka Fröhlich wiedersehen. Ein angenehmer Gedanke, fand er. Beseelt schwang er sich in seinen Wagen und brauste davon.

Neun

Am Sonntagmorgen fuhr Franka gegen zehn in die Redaktion. Sie stieg aus dem Aufzug, tippte die vierstellige Zahlenkombination ein und wartete, bis der Summer ertönte und die Tür auf leichten Druck nachgab und aus dem Schloss sprang. Im Flur duftete es verführerisch gut nach Kaffee. Franka bekam augenblicklich Lust auf ein ausgiebiges Sonntagsfrühstück. Aber ihrer Hoffnung darauf wurde schnell ein jähes Ende gesetzt, als sie ihrer Chefin in die Arme lief. Paula Linden hielt einen Stapel Blätter in der Hand. Die sonst so quirlige Person sah müde aus. Allem Anschein nach hatte sie nicht viel geschlafen. Ihr dunkles halblanges Haar hatte sie nachlässig am Hinterkopf verknotet. Und, dass die sonst stets korrekt gekleidete Mittvierzigerin einen lässigen Schlabberpulli und ausgebeulte Jeans trug, ließ eindeutig darauf schließen, dass sie sich eher auf ein gemütliches Wochenende eingestellt hatte. Frankas Blick schien Bände zu sprechen.

Im Vorbeigehen bemerkte Paula: „War wohl nix, mit meinem ruhigen Wochenende.“

„Tja. Augen auf bei der Berufswahl, Chefin“, gab Franka schmunzelnd zurück. Dieser Satz war unter den Redaktionskollegen längst zum geflügelten Wort geworden. In der Regel war es aber Linden selbst, die ihn zitierte, sobald sich einer der Kollegen über zu viel Arbeit beschwerte.

Paula sah Franka verdutzt an. Dann huschte ein flüchtiges Lächeln über ihr Gesicht, bevor es für Franka ein ganzes Register an Anweisungen hagelte.

Der Brückenmord hatte in der Redaktion natürlich oberste Priorität. „Alles andere kann warten", betonte Paula Linden.

Das hatte Franka sich fast gedacht. „Die Geschichte über das ehemalige Kinderheim, das zu einem Begegnungszentrum umgebaut werden soll, muss ohnehin noch recherchiert werden. Und was ich sonst noch im Köcher habe, verschiebe ich auf morgen."

Paula nickte zustimmend. Sie gab ihr noch den hilfreichen Tipp, es wegen des Kinderheims später einmal im Stadtarchiv zu versuchen. „Die haben auch die Namen der Kinder, die dort wohnten. Vielleicht kannst du ja jemanden für ein Statement ausfindig machen."

Franka nickte zustimmend.

„Aber zuerst kümmerst du dich bitte um die Brückenstory. Gleich ist Pressekonferenz im Polizeipräsidium. Ich glaube um elf Uhr. Schau noch mal nach, ich hab dir einen *Post-it* an den Monitor auf deinem Schreibtisch geklebt. Den kompletten Artikel brauchen wir bis spätestens um vier. Müsste zu schaffen sein, oder?"

Franka nickte erneut. Gut, dass sie den Text schon soweit vorbereitet hatte. Im Prinzip musste sie nur noch das einfügen, was auf der Pressekonferenz gesagt wurde. Sie war gespannt, welche interessanten Neuigkeiten die Polizei zu bieten hatte.

Während Franka ihren Gedanken nachhing, redete Paula weiter. Sie hatte die Planung wie immer voll im Griff. Hin und wieder schnappte Franka ein paar Wortfetzen auf.

„Um alles, was wir sonst noch für die Montagsausgabe brauchen kümmert sich Tom. Er hat schon mit dem Bau der Seiten angefangen. Deinen Artikel bringen wir auf der zwei. Die eins kriegt einen falschen Aufmacher zu dem Thema. Darum kümmere ich mich selbst."

Die Chefin legte sich ganz schön ins Zeug. Schon wieder schien die Redaktionsleiterin Frankas Gedanken lesen zu können.

„Das ist der erste Mordfall in meiner Laufbahn als Journalistin. Hier in der Provinz passiert doch nix. Glaubst du so ein heißes Thema, lasse ich mir aus der Hand nehmen?", flüsterte sie ihrer Mitarbeiterin ins Ohr und hinterließ dabei vor lauter Aufregung eine feuchte Spur. Als sie in ihrem Büro verschwand, war noch ein leises, fast hämisches Lachen zu hören.

Franka rieb sich schnell ihr Ohr trocken und flüchtete in ihr Büro, das direkt neben dem der Redaktionsleiterin lag. Sie stellte ihre Fototasche neben den Schreibtisch, folgte aber, bevor sie sich auf den Bürostuhl plumpsen ließ, dem verführerischen Kaffeeduft, der aus der Teeküche herüberwehte. Tatsächlich hatten die Kollegen ihr noch ein Tässchen übrig gelassen. Die Journalistin goss sich den heißen Kaffee ein und balancierte die bis zum Rand gefüllte Tasse zu ihrem Schreibtisch. Am Monitor fand sie den gelben Klebezettel. *PK 11 Uhr!,* stand in Paulas Handschrift darauf geschrieben. Franka schaute auf ihre Armbanduhr. Es war kurz vor zehn. Viel Zeit blieb ihr zwar nicht. Für die Fahrt ins Präsidium nach Koblenz brauchte sie auch am Sonntag sicher eine Dreiviertelstunde. Trotzdem wollte sie vorher ihre Sachen in Ordnung bringen. Der Blick auf die Arbeitsplatte bot nämlich ein heilloses Chaos. Auf der Tastatur stapelten sich alte Zeitungen, Gesprächsnotizen und ungeöffnete Briefe. Franka wünschte sich insgeheim beim nächsten Mal als ordentlicher Mensch auf die Welt zu kommen. Mit einer schnellen Handbewegung fegte sie Papier und Zeitungen auf den Boden.

„Hollahopp, wer ist denn da so stürmisch drauf?"

Franka zuckte zusammen. „Tom, ich hab dich überhaupt nicht gesehen. Was machst du hier?"

„Ich arbeite hier, junge Frau, falls Sie sich erinnern können." Tom Keller war stets zu Scherzen aufgelegt.

„Blödmann. Natürlich weiß ich, dass du hier arbeitest. Aber warum bist du nicht in deinem Zimmer?"

„Kein Platz." Mit seinem breitesten Grinsen lugte Tom hinter dem Schreibtisch hervor.

Normalerweise war der Arbeitsplatz gegenüber von Franka für Praktikanten reserviert. Franka nutzte den Schreibtisch allerdings gerne dazu, um ihren eigenen Krempel darauf abzustellen. In Toms Büro sah es mindestens so chaotisch aus. Da sein Arbeitstisch noch voller war als ihrer, hatte er sich dazu entschlossen seinen Sonntagsdienst in ihrem Büro zu verrichten. Dass Franka auftauchen würde, konnte im Vorfeld ja keiner ahnen. Aber für keinen der beiden war das ein Problem.

Franka verstand sich gut mit dem älteren Kollegen. Tom war mindestens Ende fünfzig und bereits zum vierten Mal frisch geschieden. „Für eine Frau bin ich einfach zu wertvoll. Alle sollen etwas von mir haben. Wie ist es mit dir, mein Mädchen. Willst du meine Nummer fünf werden?"

Franka hatte sich ein Schmunzeln nicht verkneifen können. Tom blieb eben ein Charmeur erster Güte. „Mach, dass du weiterkommest, du alter Frauenheld", hatte sie kess geantwortet, bevor Tom mit dem Hintern wackelnd in sein Büro abgezockelt war.

Verrückter Kerl, dachte die Journalistin und hob die Blätter auf, die sie eben vom Tisch gefegt hatte, um sie auf das halbhohe Regal, das unter dem Fenster stand, abzulegen. Von ihrem Redaktionsbüro aus hatte sie eine herrliche Aussicht auf die Altstadt. Vor ihr lagen Stephanskirche und Fruchtmarkt. Am Sonntagmorgen war die Stadt fast menschenleer. Nur ein paar fromme Kirchgänger waren unterwegs. Außerdem fiel Franka eine Gruppe junger Leute auf, die gerade zielstrebig auf das Marktcafé zusteuerten. Vermutlich, um zusammen ein tolles Frühstück zu sich zu nehmen. Franka merkte, wie ihr das Wasser im Mund zusammenlief. Wie üblich hatte sie sich mit einem schwarzen Kaffee begnügen müssen, weil ihr Kühlschrank zu Hause noch immer leer war. Sie beschloss, sich später etwas Essbares beim Bäcker zu holen.

Frankas verträumter Blick streifte die Kirchturmuhr. Wenn sie nicht zu spät zur Pressekonferenz kommen wollte, musste sie sich beeilen. Schnell schnappte sie ihre Tasche und stürzte wie besessen aus der Redaktion.

Auf der Autobahn drückte sie ganz schön auf die Tube und erreichte relativ pünktlich das Präsidium in Koblenz. In Windeseile lief sie die Treppe hoch zum Konferenzraum und kam atemlos oben an. Die Kollegen der benachbarten Zeitungen und Wochenblätter sowie vom *Südwestfunk* waren bereits vor Ort. Ebenso die Vertreter der Kommunalpolitik. Franka war wohl wieder einmal die Letzte.

Noch immer außer Atem zog sie ihren Notizblock aus der Tasche und setzte sich in eine der hinteren Stuhlreihen. Im vorderen Teil des Raumes trennte ein langer Tisch die verantwortlichen Polizisten vom Publikum. Die Namensschilder verrieten der Journalistin, dass sowohl die Staatsanwaltschaft als auch der Leiter der Kriminaldirektion anwesend waren. Neben dem Pressesprecher aus Koblenz erkannte Franka auch Jan Berger und seinen Kollegen Hansen, dessen Vornamen sie noch immer nicht kannte. Beim nächsten Mal musste sie unbedingt nachfragen.

Franka ließ ihren Blick durch den Raum schweifen. Als sie den Kommissar flüchtig taxierte, huschte Berger ein Lächeln übers Gesicht. Fast unmerklich nickte er ihr zu. Dann räusperte er sich kurz und klopfte mit dem Zeigefinger an das Mikrofon, das vor ihm auf dem Tisch befestigt war. Ein dumpfer Ton erklang und mahnte die Anwesenden zur Ruhe. Die Pressekonferenz war eröffnet.

Zehn

Wie eine tibetanische Gebetsmühle wiederholte Jan Berger immer wieder dieselben Worte: „Wir können erst etwas Genaueres sagen, wenn das endgültige Obduktionsergebnis vorliegt. Das ist aber bisher noch nicht der Fall. Bitte gedulden Sie sich solange, meine Herrschaften. Wir informieren Sie, sobald wir mehr wissen." Im Saal machte sich Unruhe breit. Die Informationen, die die Polizei herausgab, waren für die Journalisten nicht gerade zufriedenstellend. Wie eine Meute wildgewordener Wölfe fielen sie über die verantwortlichen Polizisten her.

„Warum dauert das denn so lange? Was macht ihr Beamtenärsche eigentlich den ganzen Tag?" Mit unflätigen Bemerkungen heizte Pitt Seibel allen voran die Stimmung im Saal an. Jan Berger hatte sich gut unter Kontrolle. Obwohl er dem vorlauten Gesindel nur zu gerne Kontra gegeben hätte, blieb er besonnen. Er dachte nicht im Traum daran, in aller Öffentlichkeit auf die Frechheiten des Reporters zu reagieren. Zumal er selbst ja nichts dafür konnte, dass die Kollegen in der Rechtsmedizin so langsam arbeiteten.

Das Einzige, was er den Reportern definitiv sagen konnte, war, dass das Opfer eine große Platzwunde am Kopf hatte, die möglicherweise die Todesursache war. Festlegen wollte der Kommissar sich darauf aber erst, wenn er den Bericht der rechtsmedizinischen Untersuchung schwarz auf weiß auf dem Schreibtisch hatte. Sich auf keinerlei Spekulationen einzulassen, war für ihn schon immer das oberste Gebot in seinem Job. Jetzt hieß es abwarten. Ob das allen Beteiligten passte oder nicht. Natürlich war die Pressekonferenz im Grund genommen eine Farce. Irgendwie konnte Berger auch verstehen, dass die Journalisten enttäuscht waren. Die Leute machten schließlich auch nur ihren Job. Diesem unverschämten Seibel hätte er zwar am liebsten das Maul gestopft. Aber die Genugtuung, dem Trottel eine Schlagzeile zu seinen Ungunsten zu liefern, gönnte er ihm schon gar nicht. Also war es besser die Klappe zu halten und den Idioten einfach zu ignorieren.

Gleich morgen früh würde er allerdings in der Rechtsmedizin anrufen, um nachzuhören, was da los war. Er selbst hatte veranlasst, dass Blattners Leiche umgehend zur vollständigen Untersuchung in das Koblenzer Institut gebracht wurde. Natürlich war er davon ausgegangen, dass der Tote auch sofort untersucht wird. Zumal der Fall von überregionaler Bedeutung war. Durch die Eröffnung der längsten Hängeseilbrücke Deutschlands hatte doch das ganze Land mitbekommen, was im Hunsrück passiert war. Und er selbst wollte auch endlich Klarheit, woran Blattner gestorben war. Die große Kopfwunde ließ natürlich vermuten, dass man dem Spediteur den Schädel eingeschlagen hatte. Der Fundort war aber möglicherweise nicht der Tatort gewesen. Das jedenfalls hatte die Spusi vor Ort vorsichtig geäußert. Der Mann sei bewegt, möglicherweise über die

Brücke geschleift worden. Ob er da schon tot gewesen sei, konnte man ohne eingehende Untersuchung nicht sagen.

Für seine weiteren Ermittlungen musste Berger aber genau wissen, wie das Opfer zu Tode gekommen war. Er hatte keine Lust ahnungslos im Dunkeln herumzustochern. Bisher hatte er lediglich der Witwe und dem Büroleiter auf den Zahn gefühlt. Letzterer hatte ihn auf einen Wagen mit einem auffälligen Flammenmuster aufmerksam gemacht. Es musste doch rauszukriegen sein, wer ein solches Auto fuhr. Darum sollte Hansen sich kümmern. Er beschloss, sich selbst ganz unverbindlich im Dorf umzuhören, um sich ein Bild von der allgemeinen Stimmung zu machen. Blattner war ein einflussreicher Geschäftsmann, der keinen Hehl daraus machte, dass er finanziell mehr draufhatte, als die anderen Dorfbewohner. Er musste Feinde gehabt haben, und Berger würde herausfinden welche.

Im Dorf herrschte helle Aufregung. Seit der Eröffnung der Brücke überfluteten massenweise Touristen den Ort und störten die gewohnte Idylle. Dicht an dicht parkten Fahrzeuge mit fremden Kennzeichen am Straßenrand. Neugierig gafften die Touristen in die Häuser der Anwohner, warfen achtlos ihren Müll auf die Straße und ließen ihre Hunde in die Vorgärten pinkeln. Als ob das alleine nicht schon aufregend genug wäre. Dann kam auch noch ein Mord hinzu. So etwas hatte es in Mörsdorf noch nie gegeben.

Auf dem neu angelegten Parkplatz in der Dorfmitte erhaschte Berger gerade noch die letzte freie Lücke. Er stellte seinen Dienstwagen ab und machte sich zu Fuß auf den Weg. Das kam bei den Leuten besser an, als mit dem Auto vorzufahren. Berger hatte als gebürtiger Hunsrücker Bub einen guten Draht zu den Leuten. Dank seiner Mutter, die ebenfalls aus dem Hunsrück stammte, war er sogar des örtlichen Dialekts mächtig. Das machte ihn zu einem von ihnen. Diese Tatsache hatte ihm schon einige Male zu Informationen verholfen, die er als „Auswärtiger“ nicht so leicht bekommen hätte.

Ein Glöckchen über der Ladentür des Dorfbäckers kündigte den neuen Kunden an. Berger fühlte sich schlagartig in seine eigene Kindheit zurückversetzt, und erinnerte sich daran, wie er als Kind in der Bäckerei seines Heimatortes Brot und Süßigkeiten gekauft hatte. Das Bimmeln lockte die Bäckersfrau, eine korpulente Mittsechzigerin, aus einem Nebenraum hinter die Verkaufstheke.

„Bittschön, was darf's denn sein?“, fragte sie freundlich.

„Ich hätte da ein paar Fragen, Frau Hoffmann.“ Berger zückte seinen Dienstausweis.

„Ach, natürlich, der Herr Kommissar. Jetzt erkenn ich Sie. Kommen Sie wegen dem Mord?“ Ohne auch nur die leiseste Ahnung vom Gebrauch des Genitivs zu haben, sah Trudel Hoffmann den Kommissar mit weit aufgerissenen Augen an und fügte schnell hinzu: „Ich kann Ihnen da aber nix sagen. Ich weiß gaaar nix.“

„Sie haben den Toten aber doch gekannt, oder?“

„Ja. Selbstverständlich, Herr Kommissar. Hier kennt jeder jeden. Der Hannes ist doch ein Junge aus dem Dorf. Der kam schon in den Laden, als mein Vater hier noch in der Backstube stand. Und jetzt isser, Gott hab ihn selig, schon im fünften Jahr tot.“

„Was war er denn für ein Mensch?“

„Mein Vater? Das war ein ganz einfacher Mann. Ein Dorfbäcker halt.“

„Ähmm.“ Berger räusperte sich. „Eigentlich meinte ich den Herrn Blattner. „Was war das denn für einer. Hatte der Feinde?“

„Ach so, der Hannes.“ Die Bäckersfrau war peinlich berührt, dass sie die Frage falsch verstanden hatte, fing sich aber schnell wieder. „Feinde? Naaa. Das glaub ich nicht. Der Hannes, das war ein ganz großzügiger Mensch. Hat viel für unser Dorf getan. Eine Schande ist das, dass der umgebracht wurde. Wissen Sie denn schon, wer es war, Herr Kommissar?“

„Nein, Frau Hoffmann. Das versuche ich ja gerade herauszufinden.“

„Bei mir? Meinen Sie etwa IICHH??“ Die Bäckerin war außer sich.

„Um Gottes willen, nein“, beschwichtigte Berger. Im Umgang mit der Bäckersfrau schien sein glückliches Händchen gerade Pause zu machen. Eigentlich konnte der Kommissar gut mit den Leuten vom Dorf. Aber bei Trudel Hoffmann tappte er in ein Fettnäpfchen nach dem anderen.

Bevor das Gespräch aus dem Ruder laufen konnte, lenkte er noch mal ein: „Großzügig sagen Sie?“

„Ja. Das war er, der Hannes. Schotter hat der ja mehr als genug.“ Trudel Hoffmann rieb Daumen und Zeigefinger aneinander, um zu demonstrieren, wie millionenschwer der Ermordete vermutlich war. „Und großzügig. Jedes Jahr hat er den Vereinen im Dorf Geld gespendet. Dem Musikverein war er sehr verbunden. Hannes hat ja früher selber mal Trompete gespielt, bevor er verheiratet war. Aber auch die Möhnen, das ist hier der Frauenverein, konnten sich immer auf seine Unterstützung verlassen. Na damit wird’s jetzt wohl vorbei sein. Die Frau Blattner macht sich nix aus dem Dorfleben.“

„Wie meinen Sie das?“

Trudel beugte sich über den Tresen, um näher an Berger heranzukommen. „Also die Frau Blattner, wissen Sie Herr Kommissar, die Frau Blattner, das ist mehr so eine Hochnäsige. Die will mit den Bauern hier nix zu tun haben. Anfangs hat der Hannes gewollt, dass sie sich im Dorf engagiert. Da war sie auch mal im Möhnenverein. Aber die Frauen sind mit ihr nicht so klargekommen.“

Trudel Hoffmann machte Berger ein Zeichen, dass er noch näher zu ihr kommen soll. Als die beiden praktisch Kopf an Kopf dastanden, sprach sie im Flüsterton weiter: „Ich sag Ihnen was, Herr Kommissar, aber sagen Sie nicht, dass Sie das von mir wissen. Die Frauen haben einmal eine Tagestour nach Mainz gemacht. Da hat die Blattner sich in so einer teuren Boutique einen ‚Disaineranzuch‘ gekauft. Für zweitausend Euro. Zweitausend Euro“, wiederholte die Bäckersfrau noch mal.

„Wissen Sie, Herr Kommissar, soviel verdienen die meisten Familien hier gar nicht. Und die haut das an einem Nachmittag für einen Hosenanzug auf den Kopf. Nee, das konnte nicht gutgehen mit den anderen Frauen. Und dann war da ja auch die schöne Moni im Verein. Das ist die Sekretärin vom Hannes. Man munkelt ja im Dorf, dass der Hannes nicht gerne was hat anbrennen lassen. Aber was Genaues weiß ich da nicht. Ist nur so ein Gerede. Auf jeden Fall ist die Blattner nach der Tagestour nicht mehr zu den Treffen hingegangen.“ Trudel Hoffmann holte noch einmal aus, um den Kommissar ins Bild zu setzen: „Die Frauen hier interessiert das nicht, ob die Handtasche von der Blattner achthundert Euro kostet. Wissen Sie, was ich meine?“

Berger nickte vorsorglich. Für die Bäckersfrau war das ein Ansporn, munter weiterzuplappern.

„Früher war ja auch der Metzler Schorsch mal ganz arg hinter der Moni her. Aber die Moni wollt den Schorsch nicht haben. Warum sich mit kleinen Äpfeln zufriedengeben, wenn man auch den ganzen Baum haben kann?“ Trudel lachte süffisant. „Ich an der Moni ihrer Stelle hätte den Schorsch genommen. Der verdient ja auch gut und hässlich ist er auch nicht gerade. Außerdem ist der Schorsch, im Gegensatz zum Hannes, nicht verheiratet. Das hab ich damals auch der Moni ihrer Mutter, dem Schreinersch Gretchen, gesagt. Aber die hat so getan, als wisse sie von nix. Na, geht mich ja auch nix an. Der Hannes war jedenfalls ein Guter. Wer da was anderes behauptet, der ist meiner Meinung nach nur neidisch.“

Die Bäckersfrau war gar nicht mehr zu bremsen. Ohne Luft zu holen, fuhr sie fort. „Wie der Hannes sich für die Hängeseilbrücke eingesetzt hat. Jahrelang hat er mit dem Bürgermeister gekämpft. Und wie Sie sehen, ist ja auch was draus geworden. Ich hab das gleich gesagt. Was der Hannes anpackt, das wird was.“

„Aber im Dorf gibt es doch sicher auch Gegner?“

„Jaaa schon. Die Umweltschützer haben da am Anfang schon ordentlich Stimmung machen wollen. Ein paar Leute haben die auch auf ihre Seite gekriegt. Aber als die Experten da so eine Studie gemacht und herausgefunden haben, dass da gar nix dran ist, mit der Mopsfledermaus. Da hat sich die Lage auch wieder beruhigt. Die Elfi Zilles, das ist ja so eine ganz Grüne, wenn Sie wissen, was ich meine. Die war da schon sauer, dass sie mit dem Tierschutzgedöns nicht durchgekommen ist. Ein paar Mal ist die auch ganz schön mit dem Hannes aneinandergeraten. Aber umbringen? Naa, umbringen tät sie keinen. Die schlägt ja nicht mal ’ne Fliege tot. Naaa, die Elfi hat damit nix zu tun. Und die anderen angeblichen Brückengegner, soll ich Ihnen sagen, wie das mit denen geht? Warten Sie mal ab. Wenn die Brücke viele Gäste ins Dorf zieht, dann sind die, die die Klappe am weitesten aufgerissen haben, die Ersten, die anfangen Ferienwohnungen zu bauen. Das sag ich Ihnen Herr Kommissar. Ich kenn die Leute hier."

Mitten im Satz ertönte wieder das Glöckchen über der Eingangstür und kündigte weitere Kundschaft an. Ruckartig zog Trudel sich zurück, flüsterte dem Kommissar aber noch schnell zu: „Aber von mir haben Sie das nicht, gell, Herr Berger?"

Bevor der Kommissar etwas erwidern konnte, wandte Trudel Hoffmann sich der nächsten Kundin zu.

„Hallo Resi. Ein kleines Bauernbrot, wie immer?"

Berger wandte sich zum Gehen, sah aber noch, wie die beiden Frauen die Köpfe zusammensteckten und zu tuscheln anfingen.

Herr Gott, was für ein Tratschweib, dachte Berger. Aber genau das waren die Leute, die man brauchte, um an Hintergrundinformationen zu kommen. Das Alibi der Umweltschützerin konnte Hansen überprüfen. Und Blattners Konten sollten die Kollegen auch mal genauer unter die Lupe nehmen. Berger wollte ganz genau wissen, wie der Spediteur zu seinen Millionen gekommen war. Wenn es denn überhaupt stimmte. Vielleicht war ja auch alles nichts als schöner Schein. Interessant war allerdings auch, dass die Bäckersfrau eine Andeutung bezüglich der Sekretärin gemacht hatte. Auch dem musste man unbedingt nachgehen. Ob die hübsche Blondine, die ihm die Tür geöffnet hatte, als er zu Metzler wollte, die schöne Moni war? Die Frau machte auf Berger nicht den Eindruck, als sei soeben ihr

Geliebter verstorben. Aber vielleicht war sie ja nicht nur hübsch, sondern auch noch eine gute Schauspielerin.

Wieder auf der Straße zückte Berger sein Mobiltelefon und rief in der Dienststelle an. „Hansen?"

„Ja Chef."

„Ich bin noch im Dorf unterwegs. Bitte überprüf doch mal das Alibi von der Elfi Zilles."

„Ist das die kleine Grüne, ähm, ich meine die von der Aktionsgruppe *Grüner Hunsrück*?"

„Genau die, Hansen. Ich will wissen, wo die am Freitag war. Lass dir das Alibi bestätigen, falls sie eins hat, und ruf mich bitte an, sobald du etwas weißt."

„Geht in Ordnung Chef."

„Ach Hansen, noch etwas. Wie sieht es mit dem Obduktionsbericht aus?"

Hansen wurde verlegen: „Ich weiß auch nicht, woran das da hängt. Die in Koblenz tun so, als ob sie die Leiche noch gar nicht auf dem Tisch hätten."

„WAAAS?" Berger brüllte so laut ins Telefon, dass sich verschiedene Passanten nach ihm umdrehten. Er nickte den Leuten freundlich lächelnd zu und sprach dann in gemäßigterer Lautstärke weiter. „Tritt denen in den Hintern, Hansen. Und sag denen, dass ich höchstpersönlich vorbeikomme, wenn sich da nicht bald was tut. Notfalls bringe ich eine Abgeordnete mit. Die wird den Jungs dann schon Beine machen."

„Alles klar, Chef. Richt ich genau so aus." Hansen legte auf, während Berger leise weiterfluchte: „Das darf doch nicht wahr sein. Jetzt haben wir hier mal eine Leiche und dann kommen die Kerle aus der Rechtsmedizin nicht in die Puschen." Noch immer in Rage steuerte Berger auf die andere Straßenseite zu. Auf dem Dorfplatz saß eine Gruppe älterer Männer zusammen. Augenscheinlich handelte es sich um Einheimische. Einer der Männer trug einen grauen Arbeitskittel, ein anderer hatte eine dunkle Schirmmütze auf dem Kopf. Der dritte Mann, der etwas abseits stand, trug eine dunkle Cordhose, deren verschlissene Beine in schlammgrünen Gummistiefeln endeten. So sah man nur aus, wenn man von hier kam. Berger ging näher an die Gruppe heran. Neben der Parkbank befand sich eine Informationstafel, auf der die örtliche Gastronomie warb. Eine große Wanderkarte wies die neuen Routen und Rundwege in der Gegend aus. Berger tat so, als interessiere er sich für die Wanderkarte, um dabei unauffällig das Gespräch der Männer zu belauschen. Es wurde Dialekt gesprochen. Berger hatte also recht mit seiner Vermutung, dass es sich um Einheimische handelte. Die Männer nahmen keine Notiz von ihm und redeten unbeirrt weiter. Vermutlich hielten sie ihn für einen Touristen, der ohnehin nichts von ihrem Kauderwelsch verstand.

„Nou pass off batt de säß“, sagte der mit der Schirmmütze. „Noher kreen ma noch Ärja."

„Batt ess, datt ess“, entgegnete der graue Kittel. „Dä Jupp hott mir datt selwa verzellt."

„Äwa ebbes Genaueres wäs de nett, orra?“, wollte jetzt der mit den Gummistiefeln wissen.

„Naa. Esch wäß nur, datt dä Hannes dem Jupp sei Steck oofkaaft hot. Er horeem drei Euro geborre. Datt es dobbelt su vill wie normal. Do hott dä Jupp gleich zogeschlaah."

„Ei und batt es doron weil net rischtisch?“

„In dea letzta Sitzung von da Verbandsgemän es beschloss gä, dass ganau datt Steck, bat da Hannes dem Jupp oofkaaft hot, weil Bauland fia Wendrerra werd.“

„Ej määns dou dann, datt hätt dä Hannes schun virher gewosst?“

„Dou Narr. Allemoll hot dä datt gewosst. Bat mäns dou dann bisu dä su vil Geld hott? Net, weil dä blöd war.“

Plötzlich brach das Gespräch ab und die Männer verstummten. Berger drehte sich um und bemerkte, dass drei Augenpaare auf ihn gerichtet waren und ihn anstarrten. „Kenne ma Ihnen helfe?“, fragten die drei wie im Chor.

„Nein danke“, entgegnete Berger schnell. „Ich weiß schon, was ich wissen will. Vielen Dank und einen schönen Tag, die Herren.”

Die drei Alten schauten sich verdutzt an. Ohne sich noch einmal zu den Männern umzudrehen, steuerte Berger schnellen Schrittes auf den Parkplatz zu, auf dem er seinen Dienstwagen abgestellt hatte.

Elf

Franka stellte ihre Einkaufstüte auf dem Küchentisch ab. Diesmal hatte sie es noch rechtzeitig geschafft, nach Redaktionsschluss ihre Besorgungen zu machen. Sie fing gerade an Milch, Butter, Käse und Wurst in den Kühlschrank zu packen, als es an der Haustür klingelte.

Völlig außer Atem stand Leo, nur mit T-Shirt und Jogginghose bekleidet, vor ihrer Tür. „Kommst'e rüber?”

„Du solltest weniger rauchen. Dann wärst du von den paar Metern auch nicht so außer Puste.”

„Ich rauche doch schon fast gar nicht mehr.“ Leo war beleidigt. Seit Monaten versuchte er sich das Rauchen abzugewöhnen. Mit mäßigem Erfolg. Er lenkte vom Thema ab, bevor Franka die Sache mit dem Rauchen weiter vertiefen konnte. „Ich soll dich von der Mutter zum Essen einladen“, keuchte Leo weiter. „Damit du nicht wieder ins Wirtshaus gehen musst, um was Richtiges zu essen.“

„So, so, sagt die Mutter das?“ Hat sich also schon herumgesprochen, dass ich gestern auswärts gegessen habe, dachte Franka. Ein Phänomen, das sie einerseits bewunderte, andererseits aber auch unglaublich nervig fand. Hier wusste jeder von jedem alles. Einerseits ärgerte Franka sich darüber, andererseits freute sie sich über die willkommene Einladung. Die Kochkünste ihrer Nachbarin hatte Franka in der kurzen Zeit, in der sie auf dem Land wohnte, schon schätzen gelernt.

„Was gibt’s denn Gutes?“

„Kabbes und Erwes.” Leo hatte sich wieder gefangen und zündete sich eine Kippe an.

„Kabbes und was ...?“, fragte Franka ungläubig und wedelte den Rauch in Richtung Ausgang.

„Un Erwes. Komm, sonst wird’s kalt.“

Na gut, dachte Franka. Außerdem hatte sie Hunger. Abgesehen von einem Brötchen am Vormittag war sie wieder mal nicht zum Essen gekommen, weil in der Redaktion verständlicherweise die Hölle los war. „Ich zieh mir schnell was anderes an.“

„Naaa. Komm. Bist gut so, wie du bist.“

Franka stopfte die Tüte mit den Lebensmitteln in den Kühlschrank, zog sich ihre Strickjacke über und folgte Leo ins Nachbarhaus.

In der Küche duftete es verführerisch.

„Da biste ja“, begrüßte Frau Kastor ihre Nachbarin.

„Setz dich, mia fangen gleich an. Dä Leo, der isst doch dat hei su ger.“

Franka hockte sich artig auf die Eckbank und ließ sich eine gehörige Portion auftun. „Machst’e lieber Rauchfleisch oder Brotwoarscht?“

„Mir wurscht“, sagte Franka und musste sich zwingen, um nicht laut loszuprusten.

An diesen Dialekt würde sie sich in hundert Jahren nicht gewöhnen.

„Riecht aber sehr lecker, Frau Kastor.“

„Ach Kindche. Loss doch die Frau Kastor wo se is. Ich sein datt Elsje. Nu prowea mol unser Nationalgericht.“

Vorsichtig beäugte Franka ihren Teller. Der Kabbes entpuppte sich als Sauerkraut. Darüber hatte Elsjen jede Menge Pampe geschüttet und obenauf noch zerlassene Butter gegeben. Dazu gab es Bratwurst oder wahlweise gekochtes Rauchfleisch.

Schon beim ersten Bissen war Franka restlos begeistert. Die Pampe, ließ sie sich von Elsje erklären, war ein Püree aus gelben Erbsen. Franka musste zugeben, dass das Essen auf den ersten Blick etwas abenteuerlich aussah. Aber es schmeckte wirklich lecker. Elsjens Kochkünste waren genial. Gäbe es eine Auszeichnung für deftige Hausmannskost, Franka hätte der Nachbarin sofort einen Stern verliehen.

„Weiß man denn schon was vom Blattner?“, wollte Elsjen nach dem Essen wissen.

Ach daher wehte der Wind, dachte Franka. Die Nachbarn wollten auskundschaften, ob die Journalistin vielleicht mehr wusste als die Leute aus dem Dorf.

„Nee. Die Spurensicherung hat alles aufgenommen. Und jetzt muss man erst mal abwarten. Der Tote hatte ja eine Platzwunde am Kopf. Vermutlich war das die Todesursache. Aber es wird natürlich auch noch eine toxikologische Untersuchung geben.” Das war alles was Franka an verwertbaren Informationen zu bieten hatte.

„Toxi... Gift meinste Mädchen, oder?“

„Das gehört zu den Routineuntersuchungen, Elsjen.“

„Weiß ich doch. Ich gucke doch immer dä *Tatort* Sonntagsowends. Ich kenne mich ous. Ich wär auch ’ne gute Kommissarin geworden. No spätestens zwanzisch Minute wäß ich nämlich jede Woche, wer dä Mörder is.“

„So, so, Elsjen. Ob das so authentisch ist, weiß ich zwar nicht. Aber den *Tatort* am Sonntagabend schau ich mir auch ganz gerne an.“

„Sah mol, Franka, haste denn auch schon gehört, dass der Schmitz Jupp am Durchdrehen is?“

„Nein. Was ist denn mit dem Jupp?“

„Der hat doch dem Blattner seinen Acker verkaaft. Und da sollen jetzt Windräder drauf aufgestellt werden.“

„Aber jetzt wo der Blattner tot ist, will der Jupp seinen Acker wieder zurückhaben und das Geschäft mit den Windrädern selbst machen“, fiel Leo seiner Mutter ins Wort.

„Tja, ich hab schon dem Jupp gesaht: Der Blattner war schlauer wie du. Der hat schneller ausgeschlof, wenn’s ums Geschäft geht.“

„Das versteh ich jetzt nicht. Kann mir mal einer erklären, um was es hier geht?“ Franka stand auf dem Schlauch.

„Na ist doch ganz einfach“, erklärte Leo ihr. „Zuerst hat der Blattner dem Jupp ’nen Acker abgeschwatzt, zum ortsüblichen Preis versteht sich. Ich glaub das ist so was zwischen einem und zwei Euro pro Quadratmeter. In der Zwischenzeit wurde der Acker aber zu Bauland erklärt und die *Aprowind* will Windräder drauf bauen.“

„Verstehe.“ Franka war wieder auf dem Laufenden. „Da ist der Acker vom Jupp plötzlich fünf Mal so viel wert und er fühlt sich von Blattner über den Tisch gezogen.“

„Franka. Ich glaube, du hast immer noch nicht kapiert, um was es hier eigentlich geht.“ Leo rückte näher an seine Nachbarin heran. Die guckte ihn fragend an. „Wenn du so einer Firma wie *Aprowind* dein Grundstück für eine Windkraftanlage zur Verfügung stellst, dann geht es nicht darum ob der Quadratmeter Acker nun ein Euro achtzig oder neun Euro wert ist. Dann geht es darum, dass der Energiekonzern dir für das Land ein schönes Sümmchen Pacht bezahlt."

„Und wie viel wäre das so?", fragte Franka.

„Die *Aprowind* zahlen pro Windrad fünfzigtausend Euro im Jahr."

„Was?", brüllte Franka so laut, das Leo neben ihr erschrocken zusammenfuhr. „Fünfzigtausend Euro? Das ist mehr als ich im Jahr verdiene."

„Siehste", antwortete Leo.

Plötzlich war es ganz still in der Küche. Frankas Gedanken fuhren wieder einmal Achterbahn. Dann flüsterte Elsjen in die Stille hinein: „Ich könnt mir schon vorstellen, dass man für fuffzischtausend Euro einen umbringen dät."

Zwölf

Das Gespräch vom Vorabend ging Franka nicht mehr aus dem Kopf. Seit einer halben Stunde hockte sie jetzt schon vor dem leeren Zeilenraster, das sie auf ihrem Redaktions-PC geöffnet hatte. Tom hatte den Platz ihr gegenüber wieder geräumt. Einerseits fand Franka es ein bisschen schade, dass der Kollege wieder in sein eigenes Büro umgezogen war. Ein kleiner Plausch während der Arbeitszeit war doch immer ganz nett. Außerdem kannte Tom in der Gegend Hinz und Kunz und Franka ging davon aus, dass er auch mit Jan Berger bestens bekannt war. Direkt auf den Kommissar ansprechen wollte sie den Kollegen zwar nicht, aber vielleicht ergab sich demnächst mal die Gelegenheit, ihn ganz unauffällig in ein Gespräch zu verwickeln und ein bisschen über Berger auszufragen.

Aber eigentlich saß Franka ja in der Redaktion, um einen Artikel über die Verleihung des Kinoprogrammpreises zu schreiben, den das einzige Kino im Landkreis zum wiederholten Mal erhalten hatte. Die Verleihung war schon vor drei Tagen. Höchste Zeit also, dass Franka etwas zu Papier brachte. Der Mord an Blattner hatte nicht nur Frankas Planung komplett durcheinandergebracht. Dabei war die Kino-Veranstaltung wirklich schön gewesen. Franka liebte Lichtspielhäuser und schaute sich seit ihrer Jugend Filme lieber im Kino an, als zu Hause vor der Glotze an. Der Ausschnitt aus *Die andere Heimat* hatte ihr besonders gut gefallen und war für die Journalistin, die sich schon jetzt als Hunsrückerin sah, ein absolutes Muss. Außerdem gab es nach der Vorführung leckeres Fingerfood. Ein weiterer Grund, Veranstaltungen dieser Art immer wieder gerne zu besuchen. Wenn sich eine Möglichkeit ergab, bei der Franka sich die für sie lästige Kocherei sparen konnte, war sie immer mit von der Partie.

In der Regel fiel es der Journalistin auch leicht, sowohl Stimmung als auch die nötigen Informationen einer solchen Veranstaltung flott und gefällig zu Papier zu bringen. Aber an diesem Morgen ging irgendwie gar nichts. Franka war nicht in der Lage, einen klaren Gedanken zu fassen. Sie dachte unentwegt über die Sache mit dem Grundstückskauf nach. Aber was beunruhigte sie an der Sache eigentlich so? Dass der Bau einer Windkraftanlage in irgendeinem Zusammenhang mit dem Mord an Blattner stand, dafür gab es keinerlei Hinweise. Und auch noch so langes Grübeln brachte Franka nicht weiter. Ob sie mit Jan Berger über ihre Sorge reden sollte? Die Polizei schien in der Sache bisher ja auch noch nicht weitergekommen zu sein.

Frankas wilde Gedankenjagd wurde jäh unterbrochen als Paula den Kopf durch den Türspalt streckte: „Franka, der Artikel vom Kinodings ist als Aufmacher für morgen auf der zwei geplant. Kriegst du das hin?"

„Ja klar. Mach ich." Frankas Stimme klang ein wenig lustlos.

„Ich weiß, du würdest lieber über den Mord berichten. Aber solange wir keine neuen Informationen haben, müssen wir uns anderen Dingen zuwenden. Wir können den kalten Kaffee nicht noch mal aufwärmen."

„Kalter Kaffee, na du bist gut."

„Klar ist das ein Thema, das die Leute brennend interessiert. Sobald es etwas Neues gibt, machen wir auch ganz groß damit auf. Aber solange ... Wie gesagt. Der Kinopreis ist für die Leser auch sehr interessant."

Paula war schon fast wieder in ihrem Büro verschwunden, als Franka noch etwas einfiel: „Ach Paula! Später wollte ich mich mal um die Geschichte mit dem ehemaligen Kinderheim kümmer. Ich wollte deinen Vorschlag aufgreifen, mithilfe des Stadtarchivs ein paar Ehemalige ausfindig zu machen, die mir ein bisschen was erzählen können. Das wäre doch eine tolle Story für die Wochenendausgabe. Was meinst du?"

„Gute Idee." Paula zwinkerte der Kollegin zu. „Falls du nicht weiterkommst, kannst du dich auch an den Pfarrer wenden. Soweit ich weiß, wurde das Heim damals von Nonnen geleitet. Da müsste eigentlich auch in den Kirchenbüchern was zu finden sein."

Die Redaktionsleiterin schaute Franka noch einen Moment an: „Und sonst, alles klar bei dir? Hast du dich schon gut hier eingelebt?"

„Ja, alles bestens. Danke der Nachfrage. Ich kann mich wirklich nicht beklagen. Ich bin noch nie so gut aufgenommen worden wie im Hunsrück."

Paula lachte. „Lass mich raten. Dein netter Nachbar Leo sorgt schon dafür, dass du gut versorgt bist, oder?

„Ganz genau", gab Franka zur Antwort.

Leo war nicht nur im Dorf ein Unikat, er war in der ganzen Region bekannt wie ein bunter Hund. Was mitunter daran lag, dass er bis vor Kurzem an den Wochenenden Fototermine für die Lokalredaktion wahrgenommen hatte. Paula bedauerte es noch immer, dass Leo keine Lust mehr hatte, an den Wochenenden so verplant zu sein.

Als die Chefin wieder in ihrem Büro verschwunden war, nahm Franka ihre Unterlagen aus der Tasche und las sich noch einmal die Stichpunkte durch, die sie sich vor ein paar Tagen im Kino notiert hatte. Danach setzte sie sich erneut vor das leere Zeilenraster am PC und wie von Zauberhand schrieb sich der Artikel plötzlich wie von selbst.

Franka stellte den Text ins System und wählte ein paar gute Fotos aus, von denen Paula später das aussuchen konnte, was im Blatt erschien.

Als Tom um Punkt zwölf Uhr in Frankas Büro kam, hatte sie ihre Aufgaben längst erledigt.

„Wie wäre es mit Chinesisch?", schlug der Kollege vor.

„Ist heute Mittwoch?", fragte Franka irritiert. In der Regel holten die Kollegen abwechselnd ein Mittagessen zum Mitnehmen. Mal beim Italiener, mal beim Griechen oder Chinesen. Soweit Franka es im Kopf hatte gab es mittwochs Chinesisch und montags Italienisch und dienstags Hähnchen vom Schnellimbiss oder war es umgekehrt? Franka war verwirrt.

„Tanzen wir etwa aus der Reihe?", flachste sie weiter.

„Nein. Aber mir ist heute so nach asiatischem Essen." Tom verdrehte die Augen und macht dazu einen Kussmund.

Franka konnte sich das Lachen nicht verkneifen. „Wie du das aushältst. Immer dasselbe Essen. Das hängt einem doch spätestens nach vier Wochen zum Hals heraus."

"Wie du siehst eben nicht, meine Liebe. Deine Kollegen und ich betreiben dieses Spiel schon seit mehreren Jahren. Sehen wir etwa so aus als hätten wir irgendwelche Mängel?" Tom rieb sich mit beiden Händen über den herausgestreckten Bauch.

Wieder musste Franka lachen. „Sorry, Tom. Ich muss gleich noch weg. Ich mache heute keine Mittagspause. Aber danke für die freundliche Einladung."

Mit einer überschwänglichen Geste verabschiedete Tom sich aus dem Büro und verschwand im nächsten Raum, um dort sein Angebot zu offerieren.

Als die Kollegen sich kollektiv zum Mittagstisch aufgemacht hatten fuhr Franka ihren PC herunter, packte ihren Kram zusammen und verließ ebenfalls die Redaktion. Draußen schien die Sonne. Franka kniff die Augen zu und streckte ihr Gesicht gen Himmel. Die warmen Strahlen wirkten wie Balsam für ihre Seele. Nach den vielen Nebeltagen der vergangenen Woche konnte sie die Wärme richtig genießen. Gut gelaunt stieg sie in ihren Beetle, kramte die Sonnenbrille aus dem Handschuhfach und fuhr los.

An der Ampel entschloss sie sich dazu, einen kleinen Umweg über Kastellaun zu machen. Wie ferngesteuert fuhr sie weiter über die Kreisstraße und fand sich plötzlich auf dem Parkplatz von Blattners Spedition wieder.

Franka stellte den Wagen unauffällig am Straßenrand ab. Es musste ja nicht jeder, der hier arbeitete gleich sehen, dass die Presse hier herumschnüffelte. Noch dazu, wo die in der Redaktion gar nichts von ihrem Besuch wussten. Erwischen lassen sollte Franka sich tatsächlich lieber nicht. Denn was sollte sie den Leuten erzählen, was sie hier wollte? Nur mal gucken, wo der tote Blattner so seine Kohle verdient hat? Klang nicht sehr geistreich. Also lieber vorsichtig sein. Besser es kriegte niemand mit, dass sie sich auf dem Gelände umsah. Franka wusste zwar nicht genau, was sie hier suchte oder zu finden glaubte, aber ihre angeborene Neugier ließ ihr einfach keine Ruhe. Sie stieg aus.

Auf dem Firmenparkplatz standen jede Menge Autos. Aber kein Mensch war zu sehen. Alles war ruhig. Nur von der Schnellstraße nach Koblenz hörte man das dumpfe Brummen der vorbeifahrenden Fahrzeuge.

Neugierig betrachtete Franka die moderne Glasfassade des Gebäudes. Der für die ländliche Region doch eher progressive Baustil war außergewöhnlich. Franka ging die Frage durch den Kopf, ob Blattner wohl auch ein außergewöhnlicher Mensch war? Sie musste sich eingestehen, dass das Firmengebäude schon Eindruck machte. So etwas gab es in der Gegend kein zweites Mal. Die Journalistin schlich dicht an der Außenwand entlang, damit die Leute, die in den Büros über ihr arbeiteten, sie nicht sehen konnten.

Plötzlich hielt sie kurz inne. Es waren Männerstimmen zu hören. Ziemlich laut sogar. Vorsichtig lugte Franka um die Ecke, um zu erkunden, was da vor sich ging. Zwischen den parkenden Autos entdeckte sie tatsächlich zwei Männer, die sich sehr aufgeregt miteinander unterhielten. Dem äußeren Anschein nach handelte es sich bei den beiden um Lkw-Fahrer. Die Männer trugen einheitliche Schirmmützen und Jacken mit aufgedrucktem Firmenlogo. Ob die beiden stritten, konnte Franka von ihrem Posten an der Hauswand allerdings nicht erkennen. Wenn sie das Gespräch belauschen wollte, musste sie versuchen, ein wenig näher an die Personen heranzukommen, ohne selbst dabei gesehen zu werden. In geduckter Haltung pirschte sie sich näher heran und versteckte sich kauernd zwischen zwei parkenden Autos. Die Männer waren so in ihr Gespräch vertieft, dass sie die Fremde nicht bemerkten. Frankas Herz klopfte wie wild. Sie versuchte ihren Atemrhythmus unter Kontrolle zu bekommen und stellte ihre Lauscher auf, um zu hören, was da gesprochen wurde.

„Jetzt hör auf, zu jammern. Das war ein Unfall", hörte Franka eine Stimme, die sie dem Älteren der beiden zuordnete.

„Ich halt das aber nicht mehr aus. Außerdem suchen die Bullen nach einem Auto mit einer auffälligen Zeichnung auf der Motorhaube." Die andere Stimme klang fistelig und sehr aufgeregt.

„Dann lass die Karre verschwinden."

„Du bist gut. Das ist Jennys Auto. Was soll ich der denn erzählen, wenn die aus Malle zurückkommt?"

„Was weiß ich. Da wird dir schon was einfallen. Am besten verbrennst du das Auto im alten Steinbruch. Da kommt eh so schnell kein Mensch hin."

„Die Jenny killt mich, wenn das Auto verschwunden ist", antwortet die Fistelstimme wieder.

„Mensch Sascha! Jetzt reiß dich mal zusammen. Bisher verdächtigt uns niemand. Ich hab gesagt, dass wir beide auf Tour waren und erst am Samstag gegen Mittag zurückgekommen sind. Bei dir war eh keiner daheim, also kann es auch keiner widerlegen."

„Und bei dir? Spielt deine Frau denn da mit?"

„Kein Problem. Und da muss sie nicht mal lügen. Ich hab Freitagnacht noch bei Mandy vorbeigeschaut und war tatsächlich erst Samstagmittag zu Hause."

„Du warst im Puff? Nachdem wir den Blattner …? Rudi, das glaub ich jetzt nicht. Du bist echt ein eiskalter Typ." Die Fistelstimme überschlug sich fast.

„Jetzt komm mal wieder runter, Alter", der Ältere klang gelassen. „Sieh zu, dass du die Karre los wirst, sonst verdächtigt uns nachher doch noch jemand. Und jetzt lass uns hier abhauen, bevor eines der Büromäuschen sich noch fragt, was wir hier so lange zu quatschen haben."

„Rudi?" Die Stimme des Jüngeren klang jetzt fast flehend. Auch wenn Franka den Kerl nicht sehen konnte, tat er ihr fast leid.

„Mach, was ich dir sage, Mensch", befahl der, der von der Fistelstimme Rudi genannt wurde. Dann hörte Franka Schritte, die sich ihr näherten. Offensichtlich kam einer der Männer in ihre Richtung. Frankas Puls beschleunigte auf mindestens einhundertachtzig Schläge pro Minute. Aus Angst davor entdeckt zu werden kroch die Journalistin fast unter eines der parkenden Autos, das hoffentlich nicht Rudi gehörte. Glücklicherweise ging der Lkw-Fahrer forschen Schrittes an Franka vorbei, ohne sie zu bemerken. Die Fistelstimme, die auf den Namen Sascha hörte, hatte sich vermutlich in die andere Richtung davongemacht.

Franka hatte genug gehört und wollte so schnell wie möglich wieder zu ihrem Auto zurück. Am besten ohne gesehen zu werden. Als sie aus ihrem Versteck kriechen wollte, waren erneut Schritte auf dem Betonpflaster zu hören. Dem Klang nach zu urteilen handelte es sich um High Heels oder zumindest Absatzschuhe, die sie eher einer Frau als einem Mann zuordnete. Von ihrem Versteck aus konnte

Franka nur den unteren Teil einer Frau sehen, die soeben das Firmengebäude verließ. Genauer gesagt sah sie nur ein Paar sehr schicke blaue Pumps unter einer feinen, ebenfalls blauen Bundfaltenhose. Die Person bewegte sich mit schnellen Schritten vom Gebäude weg.

Franka wartete, bis nichts mehr zu hören war. Dann schob sie ihren Körper vorsichtig ins Freie und verharrte noch ein paar Minuten in Kauerstellung.

Als es ruhig blieb, traute sie sich aus ihrem Versteck heraus. Mit den Augen taxierte sie die Fassade des Speditionsgebäudes. Wegen der tiefstehenden Sonne waren an den meisten Fenstern glücklicherweise die Rollos heruntergelassen. Es bestand also kaum Gefahr, dass jemand sie gesehen hatte. Ein Schatten, der an einem Fenster im ersten Obergeschoss zu sehen war, machte Franka allerdings stutzig. Stand da etwa jemand hinter dem Fenster und beobachtete die Szene? Aber wieso riss derjenige dann nicht das Fenster auf und brüllte, dass sie verschwinden solle? So wie sie selbst es im umgekehrten Fall vermutlich gemacht hätte. Vielleicht hatte sie sich auch getäuscht.

Franka entschloss sich zum schnellen Rückzug. Im Schutz der parkenden Autos versuchte sie auf dem gleichen Weg zurückzugelangen, auf dem sie gekommen war. Als sie sich endlich auf den Fahrersitz ihres Beetles plumpsen ließ, startete sie sofort den Motor und verließ, ohne sich noch einmal umzudrehen, das Gelände der Speditionsfirma. Erst nach ein paar Kilometern konnte Franka wieder klar denken und ihr wurde schlagartig bewusst, dass das Gespräch, das sie auf dem Parkplatz belauscht hat, ganz sicher nicht für ihre Ohren bestimmt war.

Dreizehn

Georg Metzler stand am Fenster und starrte gedankenverloren auf den Firmenparkplatz. Er schien nicht zu bemerken, dass Monika den Raum betrat. Denn als sie ihn ansprach, fuhr er kurz zusammen.

Bevor Monika dem Büroleiter den Ordner mit Firmenunterlagen überreichte, wanderte ihr Blick unsicher durch den Raum. Sie traute Metzler zu, dass er irgendwo eine Kamera installiert hatte, um sie heimlich zu filmen. Den Gedanken wollte sie gar nicht weiterdenken. Sie fürchtete sich vor Metzler. Seit ihr Chef tot war, fühlte sie sich im Büro nicht mehr sicher. Schon vor Jahren hatte Metzler ihr nachgestellt. Und nur ihr Verhältnis mit Blattner hatte ihn davon abgehalten, sie weiterhin zu belästigen.

Monika spielte ernsthaft mit dem Gedanken, ihre Stelle zu kündigen und sich nach einem neuen Job umzusehen. Nach Blattners Tod hielt sie eigentlich gar nichts mehr in der Firma. Vielleicht sollte sie ihr Glück in der Stadt versuchen. Sie sah gut aus, das wusste Monika ganz genau, und nur blond war sie eben auch nicht. Die Stelle als Chefsekretärin hatte sie sich schließlich nicht nur „erschlafen". Hannes wusste auch ihr kaufmännisches Wissen zu schätzen, nicht nur ihr hübsches Gesicht und ihre gute Figur. Aber das war ja jetzt sowieso alles vorbei.

Ob Frau Blattner von ihrem Verhältnis wusste? Im Dorf wurde schon darüber getratscht. Das wusste Moni deshalb, weil ihre Mutter sie schon mehrfach darauf angesprochen hatte. Natürlich hatte Moni alles abgestritten. Außerdem waren Hannes und sie vorsichtig genug, um nicht zufällig gesehen zu werden. Nie hatten ihre heimlichen Treffen in der näheren Umgebung stattgefunden, sondern sie hatten sich für ihre Schäferstündchen stets in einem abgelegenen

Hotel in Koblenz verabredet. Seit Hannes mit dem Bau der Brücke beschäftigt war, hatten sie sich außerhalb des Büros ohnehin kaum sehen können. Aber Hannes war das Versteckspiel leid. Ob er es seiner Frau schon gebeichtet und sie ihn deshalb umgebracht hatte?

Moni dachte nach, aber einen Mord traute sie der Blattner eigentlich nicht zu. Sie fand die Frau zwar ein bisschen komisch, aber dass so eine zarte Person jemand umbringen könnte – noch dazu ihren eigenen Mann – das konnte Moni sich beim besten Willen nicht vorstellen. Hannes wollte seine Frau verlassen. Aber Monika glaubte nicht, dass er es ihr schon gesagt hatte, ohne sie darüber zu informieren. Er wollte einen geeigneten Zeitpunkt abwarten. Aber nachdem sie wegen der Krebsoperation psychisch so angeschlagen war, hatte Hannes den Zeitpunkt immer wieder hinausgeschoben. Du kannst es ihr aber auch nicht erst dann sagen, wenn du schon mit dem Koffer in der Tür stehst, hatte Moni zu bedenken gegeben. Hannes hatte für sie beide genügend Geld beiseitegeschafft, das hatte er ihr versichert. Aber wo das Geld jetzt war, wusste Moni leider nicht. Sonst hätte sie sich gerne etwas davon genommen. Schließlich sollte es ja auch für ihre Zukunft sein, und dass Hannes nicht mehr lebte, dafür konnte sie ja nun wirklich nichts.

Moni war so in Gedanken versunken, dass sie ganz vergaß, wo sie war. Eine Karriere als Sängerin hätte sie halt schon schön gefunden. Aber dafür brauchte sie eben auch das Geld. Denn in dieser Branche als ein Niemand anzufangen, erschien selbst ihr, der Moni, so gut wie unmöglich.

„Monika. Was ist denn los?“ Metzlers strenger Tonfall riss sie aus ihren Gedanken. „Bringst du mir nun den Ordner oder soll ich ihn mir holen kommen?“

„Tschuldigung“, murmelte Moni und ging vorsichtig auf Metzler zu. Ein ungutes Gefühl beschlich die junge Frau, als sie sich dem Büroleiter näherte. Sie fühlte sich nicht wohl allein mit Metzler in einem Raum. Und ihr Gefühl trog nicht. Kaum dass sie Metzler den Ordner überreichte, schob dieser die Unterlagen zur Seite und zog Monika an sich. Er drückte seinen Körper so dicht an ihren, dass sie kaum Luft bekam. Sie roch seinen Schweiß. Widerlich säuerlich. Die Situation war ihr unangenehm. Monika versuchte, den Mann von sich zu weisen.

„Lass mich in Ruhe Schorsch. Ich hab dir schon hundertmal gesagt, dass ich nichts von dir will.“

Monika konnte kaum noch atmen, so dicht presste Metzler sich an sie. Dann spürte sie, wie seine feuchten Lippen ihren Hals berührten. Ekelhaft. Sie versuchte erneut, ihn von sich wegzuschieben. Aber es gelang ihr nicht. Metzler war viel stärker als sie. Er drückte sie so fest gegen die Wand, dass sie sich nicht rühren konnte. Plötzlich merkte sie, wie Metzler eine Hand unter ihren Rock schob. Sie versuchte zu schreien, aber Metzler hielt ihr mit der anderen Hand den Mund zu. Monika wusste nicht mehr, was sie machen sollte, wie sie sich aus dieser ausweglosen Situation befreien konnte, bevor der Kerl vollends über sie herfiel.

Gerade als Metzler sie rücklings auf den Schreibtisch drängen wollte, flog die Bürotür auf und Kristin Blattner stand im Raum: „Was ist denn hier los“, fragte die Witwe empört.

Metzler ließ sofort von Monika ab. Im letzten Moment war sie ihrem Peiniger entkommen. Dass ausgerechnet Kristin Blattner ihre letzte Rettung war. Ob das ein Zeichen sein sollte? Die Sekretärin strich ihren Rock glatt und eilte zur Tür hinaus.

„Sie wollen wohl auf der ganzen Linie in die Fußstapfen meines Mannes treten, was?“ Kristin Blattner hatte die Frage sehr leise gestellt, sodass Metzler so tun konnte, als habe er nicht verstanden, was die Frau seines Chefs gesagt hatte.

Monika allerdings, die sich noch in Hörweite befand, hatte die Worte von Blattners Ehefrau sehr wohl verstanden. Sie hat es also doch gewusst, dachte Moni. Ein Grund mehr für die junge Frau, ihr Kündigungsschreiben zu verfassen. Unter keinen Umständen blieb sie auch nur noch einen einzigen Tag in dieser Firma. Dass Metzler auf sie stand, wusste sie schon lange, aber dass er so weit gehen würde, hatte sie nicht erwartet. Wenn Kristin Blattner nicht zufällig dazwischengekommen wäre, Metzler hätte sie vergewaltigt. Das wurde Monika schlagartig bewusst. Keinen Tag länger, sagte sie bestimmend zu sich selbst, und fing an mit zitternden Fingern ihre Kündigung zu tippen.

Metzler hatte die peinliche Situation schnell wieder im Griff. Er räusperte sich kurz und ging mit ausgestreckter Hand auf die Witwe zu: „Liebe verehrte Frau Blattner. Es tut mir ja so leid ...”

„Sparen Sie sich Ihr Gesülze, Metzler. Vor mir müssen Sie nicht den trauernden Mitarbeiter mimen. Ich tue es auch nicht. Sie wissen so gut wie ich, dass wir beide Gründe hatten, meinen Mann zu hassen. Also machen wir uns nichts vor.“

Kristins Offenheit überraschte Metzler. Sofort wechselte er in einen sachlichen Ton: „Wieso sind Sie gekommen?“

„Ich will mit Ihnen verhandeln.” Kristin Blattner ließ ihre Handtasche auf Metzlers Schreibtisch fallen und nahm auf einem der Besucherstühle Platz. „Ich habe kein Interesse an der Firma.“

Metzler verstand das als Angebot und sprang sofort an. „Was verlangen Sie?“

„Eine Million Euro. In bar. Sofort.“

Metzler lachte hysterisch auf und setzte sich Kristin gegenüber an seinen Schreibtisch. „Eine Million? Soviel Geld kann ich nicht flüssigmachen.“

„Doch, das können Sie. Sie wissen so gut wie ich, dass die Firma gut das Doppelte wert ist.“

Metzler überlegte einen Augenblick. „Wieso sollte ich mich auf Ihre überzogenen Forderungen einlassen?“

Kristin blieb gelassen. „Ganz einfach, Metzler. Ich weiß etwas, das ich gerne für mich behalten möchte. Sofern Sie zahlen. Ich nehme das Geld, und sobald mein Mann unter der Erde ist, verschwinde ich. Sie werden nie wieder etwas von mir hören?“

„Was, wenn nicht?“

„Ich kann der Polizei auch stecken, dass Sie meinen Mann gehasst haben. Und warum. Er war Ihnen immer einen Schritt voraus, nicht wahr? Er hat Ihnen die tollsten Frauen weggeschnappt, hat die Firma besessen, obwohl Sie doch auch ein Anrecht darauf haben. Hannes hat mit dem Unternehmen viel Geld verdient. Geld, von dem Sie als Angestellter nur träumen können. Soll ich noch weiter in alten Geschichten herumwühlen? Was, glauben Sie, findet die Polizei, wenn sie die Finanzen der Firma überprüft? Aus Geldgier den verhassten Chef um die Ecke zu bringen, das ist doch durchaus ein Motiv.“ Kristin machte eine lange Kunstpause, bevor sie fragte: „Waren Sie’s?“

Metzler schaute Kristin verblüfft an. Er hatte Blattners Frau unterschätzt. Ihre Direktheit machte ihm Angst. „Natürlich nicht“, entgegnete er empört. „Ich habe Hannes viel zu verdanken. Er hat mir eine Chance gegeben, als niemand mehr an mich geglaubt hat."

„Sie sind ein Schleimer. Aber gut, es ist mir auch gleichgültig, ob Sie es waren oder nicht. Überlegen Sie es sich, Metzler. Bis spätestens morgen will ich eine Antwort."

Kristin Blattner wandte sich zum Gehen. An der Bürotür drehte sie sich noch einmal um. „Übrigens, für den Fall, dass mir unerwarteterweise etwas zustoßen sollte, habe ich einen Brief mit brisanten Informationen bei meinem Anwalt hinterlegt. Also denken Sie nicht einmal daran, Metzler."

Forschen Schrittes und mit erhobenem Haupt verließ Kristin Blattner den Raum. Die Bürotür fiel hinter ihr krachend ins Schloss.

Metzler war baff. Das hatte er nicht erwartet. Für einen Augenblick wusste er nicht, was er tun sollte. Der Büroleiter dachte angestrengt nach. Dann fielen ihm die beiden Mitarbeiter auf dem Parkplatz wieder ein. Er ging zum Fenster und schaute sich suchend um, doch der Parkplatz war menschenleer. Die beiden Mitarbeiter schienen verschwunden zu sein. Metzler nahm den Platz ins Visier, an dem er vorhin glaubte, den Schatten gesehen zu haben. Er kniff die Augen zusammen, um sich besser konzertieren zu können. Tatsächlich schien sich zwischen den parkenden Autos etwas zu bewegen. Er fokussierte die Stelle und erkannte Franka Fröhlich, die soeben versuchte, ungesehen vom Gelände zu schleichen. Die Journalistin schaute sich vorsichtig um. Für einen kurzen Moment steifte ihr Blick Metzlers Bürofenster. Er zuckte erschrocken zusammen, hatte sich aber auch in dieser Situation schnell wieder im Griff. Seine Sorge war unbegründet. Aus Erfahrung wusste er, dass die verspiegelten Glasflächen einen Beobachter von außen daran hinderten, in die Büros zu sehen. Das hatte Hannes mal richtig gut hingekriegt. Man konnte zwar von drinnen nach draußen schauen, aber nicht umgekehrt. Eine angenehme Begleiterscheinung der modernen Außenfassade, die Metzler in letzter Zeit schon einige Male nützlich war. Nur zu gerne hätte er aber doch gewusst, was die Lkw-Fahrer da zu diskutieren hatten. Aber noch viel mehr interessierte ihn, was die neugierige Journalistin davon mitbekommen hatte. Er beschloss, sich selbst um die Sache zu kümmern.

Vierzehn

Franka erwachte von den Sonnenstrahlen, die auf ihrem Kissen tanzten und ihr Gesicht umspielten. Sie setzte sich auf, um sich gleich darauf noch einmal gemütlich ins Bett fallen zu lassen. Auf den freien Sonntag hatte sie sich schon die ganze Woche gefreut.

Die Journalistin hatte sich vorgenommen, die Gegend ein bisschen zu erkunden. Obwohl sie schon seit drei Monaten im Hunsrück wohnte, hatte sie bisher kaum Gelegenheit gehabt, die Sehenswürdigkeiten und Freizeitangebote im Umland näher in Augenschein zu nehmen. Abgesehen von der Kreisstadt, in der sie arbeitete, und dem Dorf, in dem sie wohnte, kannte Franka noch so gut wie nichts von der Gegend.

Eigentlich hatte sie vor, noch mal in aller Ruhe über die neue Brücke zu wandern. Bei ihrem letzten Besuch galt ihre Aufmerksamkeit ja weniger dem neuen Bauwerk, als dem Toten, der darauf lag. Aber Trudel Hoffmann, die Bäckersfrau, hatte ihr vehement davon abgeraten sich ausgerechnet am Sonntag, wenn sich mehrere Hundert Menschen gleichzeitig auf der Brücke tummelten, über den Abgrund zu begeben. Also änderte Franka ihren Plan. Zur Brücke konnte sie auch mal an einem Werktag laufen. In der Bäckerei war sie auf einen Flyer gestoßen, der für einen Tier- und Freizeitpark an der Mosel warb. Franka war sofort Feuer und Flamme. Sie liebte Tierparks. Schon als Kind war sie eine begeisterte Zoobesucherin. Als sie noch in Köln wohnte, hatte sie ihre freien Tage häufig im Zoo verbracht und stundenlang vor dem Giraffen- oder Elefantengehege gestanden, um mit wachsender Begeisterung die Bewegungen und Verhaltensmuster der fremden Tiere zu studieren. Seit sie im Hunsrück zu Hause war, beschränkte sich ihr Kontakt mit Tieren auf das fette Fellknäuel, das Tag für Tag ihre Küche besetzte und mit Vorliebe die mageren Vorräte ihres Kühlschranks plünderte. Aber inzwischen hatte Franka sich schon an Rubens Anwesenheit gewöhnt.

Nach einem ausgiebigen Sonntagsfrühstück, das Franka selbstverständlich gemeinsam mit dem Kater einnahm, ging sie unter die Dusche und schlüpfte in ihre ausgebeulten Lieblingsjeans und einen Schlabberpulli. Vorsichtshalber machte sie sich ihr Haar ordentlich zurecht und schminkte sich dezent. Schließlich konnte man nie wissen, wer einem so begegnete. Franka betrachtete sich im Spiegel und war durchaus zufrieden mit dem, was sie sah. Ihrem Bauchumfang nach zu urteilen könnte sie in nächster Zeit zwar ein paar Kilos abspecken, aber ihrem Gesicht tat ein bisschen Fülle ganz gut. Franka schnappte sich ihre Jacke, die auf dem Haken in der Garderobe hing, griff nach ihrem Schlüsselbund auf der kleinen Anrichte daneben und ging zur Tür.

Bevor sie in den Beetle stieg, hielt sie noch nach dem Kater Ausschau. Als sie vorhin ins Bad ging, wollte er unbedingt raus. Sie schaute im Garten nach, konnte Rubens aber nirgends entdecken. Franka rief ein paar Mal seinen Namen, aber als der Kater nicht auftauchte, machte sie sich auf den Weg. Falls Rubens vor ihr zurück sein sollte, musste er eben warten. In dem Schälchen unter der Besucherbank neben der Haustür war noch ein Rest Katzenfutter. Verhungern musste der Kater also nicht. Obwohl Franka schon festgestellt hatte, dass auch die tierischen Kollegen aus der Nachbarschaft sich an ihren Vorräten gütlich taten. Aber so war das wohl auf dem Land. „Einer für alle. Alle für einen", hieß das Motto im Dorf, und da war es ja wohl kein Problem, dass man die Nachbarskatzen auch noch mit durchfütterte.

Die Herbstsonne strahlte wärmend von einem wolkenlosen Himmel. Fast hätte sich Franka dazu hinreißen lassen, das Dach ihres Cabriolets zu öffnen. Aus Angst sich zu erkälten, ließ sie es allerdings lieber bleiben. Schließlich war sie noch in der Probezeit, da kam es vermutlich nicht so gut an, wenn sie wegen einer Erkältung nicht zur Arbeit kommen konnte. Die schöne Aussicht auf die Landschaft konnte sie ebenso gut durch die Windschutzscheibe sehen. Franka genoss die Fahrt über die kurvenreiche Strecke vom hügeligen Hunsrück bis hinunter ins flache Moseltal. Entlang der Landstraße schlängelte sich ein Bächlein, das trotz der Regenfälle der vergangenen Wochen gemütlich vor sich hin plätscherte. Saftig grüne Wiesen und ein paar locker angepflanzte Baumreihen säumten den Weg. Die Blätter an den Bäumen fingen langsam an, die Farbe zu wechseln. Von Grün nach Bunt. Der Herbst war schon immer Frankas Lieblingsjahreszeit. Die beste Zeit zum Wandern. Sie nahm sich vor, in den nächsten Tagen die Waldwege rund um Mörsdorf zu erkunden. Je näher sie an die Mosel kam, desto schöner wurde das Wetter. Die Journalistin fuhr an einem Kloster vorbei.

Neugierig folgte ihr Blick einer Gruppe Nonnen, die auf dem Weg über den Klosterhof zum Eingang waren. Dabei fiel ihr im Rückspiegel ein Wagen auf, der ziemlich dicht auf ihren Beetle auffuhr.

„Dann überhol doch, Blödmann", fluchte Franka laut. Sie musste zugeben, dass sie sich tatsächlich wie eine klassische Sonntagsfahrerin benahm. Aber trotz ihrer langsamen Fahrweise müsste ihr Hintermann nicht ganz so dicht auffahren. Außerdem war genügend Platz zum Überholen. Franka versuchte das Kennzeichen des Autos zu erkennen. Aber der Wagen war so dicht an ihr dran, dass es nicht möglich war. Sie sah nur, dass es sich bei dem Auto um einen dunklen Pickup handelte. Allem Anschein nach waren Benzinschleudern dieser Art auf dem Land ziemlich beliebt. Auch im Dorf hatte Franka schon einige dieser Modelle gesehen.

Der Wagen hinter ihr hing inzwischen bedrohlich an ihrer Stoßstange und machte die Journalistin langsam nervös. Sie beschleunigte ihr Tempo, um den Abstand zu vergrößern, aber der Pickup blieb dicht hinter ihr. Franka wurde es heiß, Schweißperlen bildeten sich auf ihrer Stirn. Eigentlich sollte sie sich lieber auf die engen Kurven konzentrieren, anstatt andauernd in den Rückspiegel zu sehen. Ein Schild am Straßenrand warnte vor starkem Wildwechsel. Das würde ihr noch fehlen, dass ihr jetzt auch noch ein Reh ins Auto lief. Franka checkte das Handy, das neben ihr auf dem Beifahrersitz lag. Kein Empfang. Das hatte sie sich fast gedacht. Während sie noch überlegte, was sie ohne Handy im Falle eines Unfalls tun würde, tauchte vor ihr eine kleine Einbuchtung auf. Sie riss das Steuer herum und trat auf die Bremse. Ihr Hintermann konnte nicht anders, als an ihr vorbeizufahren. Wild hupend und blinkend rauschte der Pickup an ihr vorbei. Schmutzwasser bespritzte dabei die Windschutzscheibe ihres Beetles, sodass Franka das Kennzeichen des Wagens immer noch nicht erkennen konnte. Mist, fluchte sie, setzte dann aber, ohne den lästigen Drängler im Nacken, ihre Sonntagsfahrt unbeirrt in gemütlichem Tempo fort.

Etwa eine halbe Stunde später erreichte Franka den Parkplatz des Freizeitparks auf der Anhöhe über dem Moseltal. Obwohl es noch früh war, war er schon komplett belegt. Franka fuhr ein paar Mal im Kreis bis sie eine kleine Lücke am Straßenrand entdeckte, in die sie den Beetle gekonnt hineinmanövrierte.

Auf dem Weg zum Eingang wurde sie von zahlreichen jungen Familien mit Kleinkindern überholt, die aufgeregt schnatternd in Richtung Kasse stürmten. Von Weitem glaubte Franka auch den Pickup, der sie vorhin so rasant überholt hatte am Straßenrand zu erkennen, schenkte dem Auto aber keine weitere Aufmerksamkeit. Sie ging auf das Kassenhäuschen zu, vor dem sich bereits eine meterlange Schlange gebildet hatte. Frank nutzte die Wartezeit um die Eintrittspreise zu studieren, die auf einer Anzeigetafel in Augenhöhe abgedruckt waren. Billig war das nicht gerade. Aber das breitgefächerte Angebot rechtfertigte den Preis vermutlich. Neben einem großen Rundwanderweg entlang der Tiergehege bot der Park in einer angegliederten Freizeitanlage jede Menge Fahrgeschäfte. Eine der größten Attraktionen schien eine Wildwasserbahn zu sein, die sich mit dem Superlativ, die steilste Deutschlands, schmückte, sowie eine Achterbahn mit halsbrecherischen Kurven.

Franka beschloss es gemütlich anzugehen, die Achterbahn erst mal außen vor zu lassen und zunächst einen Spaziergang durch den Tierpark zu unternehmen. Hinter Maschendrahtzaun tummelten sich vorwiegend heimische Tiere wie Wildschweine, Wölfe, Luchse und Damwild. Ein paar alte Braunbären gehörten schon zu den Exoten im Tierpark.

Franka genoss den Spaziergang durch die gepflegte Parkanlage und nutzte die Gelegenheit ihren Gedanken nachzuhängen. Wenn sie es sich recht überlegte, fühlte sie sich auf dem Land ziemlich wohl. Die Leute waren Fremden gegenüber zwar anfangs zurückhaltend, aber wenn man ihnen freundlich begegnete, konnte man schnell Kontakte knüpfen. In ihrem Nachbarn Leo hatte Franka in der kurzen Zeit schon einen echten Freund gefunden und auch mit ihren Kollegen verstand sie sich wirklich gut. Außerdem musste sie sich eingestehen, dass ihr der Kriminalkommissar ziemlich gut gefiel. Das einzig erkennbare Manko waren die weiten Wege, die zurückgelegt werden mussten. Von ihrer Wohnung zur Arbeit brauchte sie eine halbe Stunde. Wenn sie dann noch zu Terminen fürs Lokalblatt unterwegs war, konnte sie der Tanknadel beim Fallen zusehen. In den ersten drei Monaten hatte sie tatsächlich schon 5000 Kilometer zurückgelegt.

Der Rundweg durch den Tierpark endete am Streichelzoo. Franka blieb an dem begehbaren Gehege stehen, um die Zwergziegen zu beobachten, die versuchten gruppenweise einen Berg aus Steinquadern zu erobern. Sie zuckte zusammen als ein kleiner roter Fußball an ihrem Bein abprallte und direkt vor ihren Füßen liegen blieb. Franka bückte sich, um den Ball aufzuheben und schaute sich um. Irgendwem musste das Spielzeug doch gehören. Sie sah einen kleinen Jungen, der schnurstracks auf sie zu rannte. Der Kleine war vielleicht sieben oder acht, aber weit und breit kein Elternteil in Sicht.

Franka beugte sich zu dem Kleinen herunter: „Ist das deiner?“

Der Junge nickte.

„Bist du ganz alleine unterwegs. Wo sind denn deine Eltern?“, fragte sie und blickte sich noch einmal um.

Dann sah sie eine große sportlich wirkende Gestalt, die im Laufschritt aus der Richtung der Bärengehege auf sie zukam.

„Ben warte. Du sollst doch nicht immer weglaufen“, rief der Mann und steckte gerade sein Mobiltelefon in die Jackentasche. Offenbar hatte er telefoniert und der Kleine hatte die Gelegenheit genutzt, um seinem Vater auszubüxen.

Als der Mann näher kam, erkannte Franka Kommissar Jan Berger. Franka sah an sich herunter. Ihre ausgebeulten Jeans waren ihr jetzt eher peinlich. Sie hoffte, dass sie ihre nachlässige Kleidung unter der langen Jacke einigermaßen verbergen konnte.

Der Kommissar kam lächelnd auf Franka zu: „Ach, Frau Fröhlich. Danke, dass Sie den Lausebengel aufgehalten haben.”

„Hab ich das?“ Franka lächelte Berger unverblümt an.

Als Ben erkannte, dass die Frau für seinen Vater offensichtlich keine Fremde war, nahm er Frankas Hand und zog sie zum Eingangstörchen des Streichelzoos.

„Gehst du mit mir Ziegen füttern? Papa findet Ziegen blöd. Er sagt die stinken und meckern tun sie auch dauernd.” Ben sah Franka mit seinen großen, braunen Augen so flehend an, dass die Journalistin dem Kind den Wunsch auf keinen Fall abschlagen konnte.

An einem Automaten kauften sie ein Päckchen Ziegenfutter, das sich als viel zu teure Mogelpackung mit ein paar mickrigen Maiskörnern und ein wenig Kraftfutter entpuppte. Ziemlich dürftig für drei Euro, dachte Franka. Aber sie wollte dem Jungen den Spaß nicht verderben und zeigte ihm, wie man die Ziegen richtig fütterte. „Du musst die

Maiskörner auf die flache Hand legen und den Ziegen direkt unters Maul halten", erklärte sie. Ben versuchte es sofort und hatte einen Riesenspaß, als eine kleine Ziege mit ihrer feuchten, warmen Zunge die Leckerei schnell weglutschte.

"Noch mehr", rief Ben ausgelassen und wedelte mit der leeren Packung in der Luft herum.

„Nein, das reicht für heute", schaltete sich Bens Vater ein. „Frau Fröhlich hat sicher Besseres vor, als mit dir hier die Ziegen zu füttern."

„Eigentlich hab ich nichts Besonderes vor. Ich wollte mir den Park nur mal anschauen. Ist wirklich schön hier. Kommen Sie öfters mit Ihrer Familie her?"

„Mit Ben. Meine Frau und ich leben getrennt. Aber wenn Ben das Wochenende bei mir verbringt, fahren wir beide häufig her. Ben mag Tiere, aber er findet auch die Achterbahn klasse. Wie wäre es mit einer Tour?" Berger schaute Franka herausfordernd an.

„Nein danke. Das ist nix für mich", wehrte Franka entschieden ab. „Aber jetzt, wo ich Sie grad hier treffe. Ich wollte Sie ohnehin noch etwas fragen: Gibt es etwas Neues im Fall Blattner?"

„Immer im Dienst Frau Journalistin, was?" Berger lachte. Er zeigte mit der Hand auf eine Parkbank. „Setzen wir uns einen Moment?"

„Gerne." Franka fand Berger nach wie vor sehr attraktiv. Geschieden ist er also. Nicht schlecht, dachte Franka, während Berger eine zweite Packung Tierfutter kaufte und seinem Sohn in die Hand drückte. Der Kleine machte sofort eine Kehrtwendung und verschwand wieder im Ziegengehege.

„Viel Neues gibt es eigentlich noch nicht", sagte der Kommissar und ließ sich neben Franka auf der Parkbank nieder. „Zu unserer Schande muss ich gestehen, dass der offizielle

Bericht aus der Rechtsmedizin auch immer noch nicht da ist.“ Berger stockte. „Was ich Ihnen hier erzähle, lese ich aber hoffentlich nicht morgen in der Zeitung?“

„Nein, keine Angst. Ist nur persönliche Neugier. Schließlich kannte ich den Toten. Wenn auch nur flüchtig. Ich wohne ja im selben Ort.“

„Was halten Sie davon, wenn wir uns duzen?“ Berger hielt Franka die Hand hin. „Ich heiße Jan.”

„Franka“, erwiderte die Journalistin und schlug ein.

Nachdem Ben auch die zweite Packung Mais verfüttert hatte, begleitete Franka Vater und Sohn noch zur Falknerei, der Wasserrutsche und zum Bärengehege.

Als die drei bei der Achterbahn ankamen, klinkte Franka sich aus. Es war spät geworden. „Ich werde mich mal wieder auf den Heimweg machen. Danke für den schönen Nachmittag“, verabschiedete sie sich von den beiden „Männern“.

„Kommst du nächstes Mal wieder mit?“, wollte Ben wissen.

„Mal sehen“, antwortete Franka und zwinkerte dem Kleinen zu.

Leicht wie eine Feder schwebte Franka auf den Ausgang zu. Jan Berger war schon ein interessanter Mann. Und Ben war ihr sowieso direkt ans Herz gewachsen. Ob sie dem Kommissar von dem Streit der beiden Lkw-Fahrer hätte erzählen sollen? Aber etwas Konkretes hatte sie eigentlich nicht vorzubringen, außer ein paar Wortfetzen, die sich in ihrer Fantasie zu einem Netz an kriminellen Begebenheiten verknüpft hatten. Auf keinen Fall wollte sie sich Jan Berger gegenüber lächerlich machen. Noch ganz in ihre Gedanken versunken ging Franka quer über den Parkplatz in die Richtung, in der sie ihr Auto abgestellt hatte. Es dämmerte bereits, deshalb konnte sie nicht genau erkennen, ob sich die beiden Typen, die in der Nähe des Beetles standen, gerade an ihrem Auto zu schaffen machten oder sich bloß zum Pinkeln an die Hecke gestellt hatten. Als sie näher kam, drehte einer der beiden sich um, stupste den anderen an und die beiden verschwanden im Gehölz.

Franka ging schnellen Schrittes zu ihrem Auto und schaute sich den Beetle an. Der Wagen schien unversehrt. Zumindest auf den ersten Blick. Ob sie noch einmal in den Park gehen und Berger um Hilfe bitten sollte? Sie war unsicher.

Schließlich nahm sie das Auto noch mal von allen Seiten unter die Lupe. Es war wirklich nichts zu sehen. Vielleicht wollten die beiden Jungs sich das Auto nur mal genauer anschauen. Franka verdrängte den Gedanken an ein geplantes Verbrechen und stieg ein. Seit dem Mord sah sie überall Gespenster.

Die Rückfahrt kam Franka noch kurvenreicher vor als die Hinfahrt am Vormittag. Franka mäßigte ihr Tempo, um nicht doch noch einen Wildunfall zu provozieren. Eben hatte sie die letzte Kurve passiert, als sie im Rückspiegel grelle Lichter wahrnahm, die sehr schnell näher kamen. Ihr Herz fing an zu pochen, als sie sah, dass der Pickup wieder hinter ihr war. Langsam glaubte die Journalistin nicht mehr an einen Zufall. Die Strecke, die vor ihr lag, war ziemlich gerade. Sie versuchte das Tempo zu beschleunigen, um möglichst schnell ins Dorf zu kommen, als sie einen kräftigen Ruck verspürte. Franka realisierte, dass der Blödmann im Pickup auf ihre Stoßstange aufgefahren war und nun versuchte den Beetle von der Straße zu drängen.

Franka wurde es abwechselnd heiß und kalt. Der Schweiß brannte in ihren Augen. Sie wusste nicht, was sie tun, wie sie sich verhalten sollte. Anhalten oder weiterfahren? Vor lauter Angst konnte sie keinen klaren Gedanken fassen.

Plötzlich scherte das Fahrzeug hinter ihr aus und fuhr ganz dicht neben ihr her. Franka blieb nichts anderes übrig, als den Wagen in Richtung Graben zu lenken. Sie schaute nach links, um einen Blick ins Innere des Pickups zu erhaschen. Aber die Kabine war viel zu hoch, als dass sie die Insassen hätte erkennen können.

Franka versuchte, ihr Tempo zu drosseln. Es gelang ihr nicht. Der Wagen neben ihr hatte sie fest im Schlepptau. Wenn sie nichts unternahm, würde sie im Graben landen. Ein letzter Versuch gegenzusteuern, endete damit, dass das Blech ihres Beetles sich an dem des Pickups rieb. Ein grässliches Quietschen war zu hören. Franka wurde immer nervöser. Links fuhr der fremde Wagen, rechts war die Böschung. Eindeutig das kleinere Übel. Der fremde Wagen ließ kurz von ihr ab, um sie gleich darauf erneut zu bedrängen.

Auf der Gegenfahrbahn tauchten zwei Scheinwerfer auf, die langsam auf sie zukamen. Wenn er einen Frontalzusammenstoß vermeiden wollte, musste der Fahrer des Pickups dem entgegenkommenden Fahrzeug ausweichen. Der Wagen schwenkte schnell noch einmal nach rechts, bevor der Motor aufheulte und mit Höchstgeschwindigkeit an dem Beetle vorbeiraste. Im letzten Moment scherte der Pickup vor ihr ein. Der Fahrer des entgegenkommenden Fahrzeugs ließ die Hupe erklingen,

Franka durchfuhr ein Schreck, sie merkte noch, wie sie die Kontrolle über den Beetle verlor und gleich darauf im Graben landete. Nach einer Schrecksekunde kam sie langsam wieder zu sich. Sie zitterte am ganzen Körper. Ihr war kalt. Das Kennzeichen des Pickups hatte sie in der ganzen Aufregung wieder nicht erkennen können. Bei dem Versuch auszusteigen merkte Franka das die Tür klemmte. Sie geriet in Panik, wollte aus diesem Auto raus. Mit einem kräftigen Ruck gelang es ihr schließlich doch, die Wagentür zu öffnen. Sie versuchte herauszuklettern, aber das Auto war in der Böschung mit der Schnauze nach unten in Schräglage geraten und Franka hat Schwierigkeiten, sich aus dem schiefgelegenen Auto herauszuschälen. „Ich bin doch zu fett“, murmelte Franka ärgerlich vor sich hin. Endlich gelang es ihr, den Wagen zu verlassen und die Böschung hochzukrabbeln. Sie richtete sich auf und schaute sich um. Es herrschte Totenstille. Sie war mutterseelenallein. Von dem Pickup war weit und breit nichts mehr zu sehen.

Aus der Ferne war das leise Tuckern eines Traktors zu vernehmen. Frankas Beine fühlten sich an wie Wackelpudding. Ihr wurde schwindlig. Sie griff Halt suchend nach einem Leitpfosten, als wie aus dem Nichts plötzlich der tuckernde Traktor neben ihr stand.

„Frau Fröhlich. Brauchen Sie Hilfe? Watt iss denn passiert? Hatten Sie einen Unfall?“ Jupp Schmitz stieg vom Traktor und kam auf Franka zu.

„Das Auto ...“, stammelte diese.

„Datt holen wir morgen. Komm jetzt erst mal mit. Ich bring dich heim.”

Völlig willenlos kletterte Franka auf den Beifahrersitz des offenen Gefährts und ließ sich von Jupp nach Hause chauffieren.

Der raue Fahrtwind tat ihr gut und Franka spürte, wie sie in der kühlen Luft langsam wieder klare Gedanken fassen konnte. Das war kein Zufall. Der Pickup, der sie schon am Vormittag verfolgt hatte, stand auch auf dem Parkplatz des Tierparks, da war sie sich jetzt ganz sicher. Und die beiden Typen an ihrem Auto waren auch nicht nur zufällig da gewesen. Jemand wollte sie umbringen oder ihr zumindest einen gehörigen Schrecken einjagen. Jupp blickte konzentriert vor sich auf die Straße. Glücklicherweise machte der Motor des alten Deutz so einen Krach, dass man sich nicht unterhalten konnte. Für Franka eine gute Gelegenheit, sich in Ruhe zu überlegen, was sie Jupp später erzählen würde. Dass sie verfolgt und absichtlich von der Straße gedrängt wurde, wollte sie dem geschwätzigen Bauern jedenfalls nicht auf die Nase binden.

Fünfzehn

„Na also geht doch." Schon von Weitem erspähte Berger den Bericht, der zuoberst auf seinem Schreibtisch lag.

Der junge Kollege Hansen grinste ihn vielsagend an: „Die Drohung mit der Landtagsabgeordneten scheint gezogen zu haben. Wenn es sich dabei um die Dame handelt, an die ich gerade denke, kann ich verstehen, dass die Herren in der Landeshauptstadt ordentlich Respekt haben." Der Polizist drehte eine Runde auf seinem Bürostuhl und fügte dann hinzu: „Mit der wollte ich mich ehrlich gesagt auch nicht anlegen. Wie sind Sie eigentlich darauf gekommen, ausgerechnet sie zu erwähnen?"

„Alte Geschichte", wehrte Berger ab und glaubte sich so unnötige Erklärungen ersparen zu können, die zwangsläufig die Offenlegung seines Liebeslebens zur Folge gehabt hätten. Die Sache mit Susanna lag schon eine ganze Weile zurück. Inzwischen war sie längst verheiratet und Mutter von zwei Kindern. Für den Kindsvater hatte Susanna ihn damals auch verlassen. Aber Berger glaubte deshalb nicht, dass er bei der Politikerin noch etwas guthatte. Vielmehr wusste er, dass er im Notfall auf die alte Freundschaft zählen konnte.

Um die Sache vor Hansen nicht weiter vertiefen zu müssen, setzte Berger sich an seinen Schreibtisch und öffnete das Kuvert mit den Unterlagen aus der Rechtsmedizin.

Es folgten Minuten absoluter Stille. Berger war derart in den Bericht versunken, dass er nicht bemerkte, wie Hansen immer hektischer werdende Runden auf seinem Bürostuhl drehte, bis ihm fast schlecht wurde. Hansen war ein sehr geduldiger Mensch, aber irgendwann war diese auch bei ihm mal am Ende. Geschlagene zwei Stunden hatte er im Büro gehockt und auf das Eintreffen seines Chefs gewartet. Dabei hatte er den verschlossenen Briefumschlag, der vor ihm auf dem Schreibtisch lag, keine Sekunde aus den Augen gelassen. Nur zu gerne hätte er schon mal einen klitzekleinen Blick riskiert. Aber das hatte Hansen sich natürlich nicht getraut. Schließlich wollte er es sich mit seinem Vorgesetzten nicht verscherzen.

Nach einer gefühlten Ewigkeit schob Berger dem Kollegen endlich den Bericht herüber. Gierig verschlang Hansen die ersten Seiten. „Ist ja interessant", murmelte er immer wieder, während sein Chef mit aufgestütztem Kinn bereits seine typische Denkerpose eingenommen hatte.

Als Hansen geendet hatte, fasste Berger die Ergebnisse noch einmal zusammen und ließ seinen jungen Kollegen an seiner Gedankenwelt teilhaben, indem er laut nachdachte: „Der Tod wurde durch einen Schlag mit einem stumpfen Gegenstand herbeigeführt, und zwar erst, als Blattner sich bereits auf der Brücke befand. Todeszeitpunkt gegen zweiundzwanzig Uhr. Blattner hat also noch gelebt, als man ihn auf die Brücke geschleppt hat. Obwohl er bereits eine große Platzwunde am Kopf hatte, die aber nicht todesursächlich war."

„Ich habe mir so etwas schon gedacht", fiel Hansen seinem Chef ins Wort. „Die KTU hat am Brückenkopf zwei verschiedene Reifenspuren gefunden. Beide frisch. Möglicherweise ist der verletzte Blattner – vielleicht war er sogar bewusstlos – in dem Wagen transportiert worden. Bei dem einen Wagen könnte es sich um einen Geländewagen oder einen größeren SUV handeln. Die Größe der Reifen deutet jedenfalls darauf hin."

Berger hielt in seiner Denkerposition inne und knurrte etwas Unverständliches vor sich hin. Auf diese Weise, so jedenfalls erzählte man es sich in Kollegenkreisen, hatte er schon manchen Fall gelöst. Berger galt als einer der fähigsten Kriminalisten des Landes. Nicht umsonst hatte er es in seinem Alter schon zum Kriminalhauptkommissar gebracht.

Hansen war mächtig stolz darauf, Berger assistieren zu dürfen. Er lehnte sich entspannt in seinem Bürostuhl zurück und beobachtete seinen Vorgesetzten ganz genau. Es konnte sich nur noch um Sekunden handeln, bis Berger ein Lösungsansatz einfiel, das hatte Hansen im Gefühl.

Auf Hansens Gedanken folgte prompt die Reaktion seines Chefs: „Das Interessanteste hast du noch gar nicht gelesen."

Berger schob Hansen erneut ein Stück Papier über den Schreibtisch. Der Polizist angelte mit ausgestrecktem Arm danach, konnte es aber, ohne seine bequeme Sitzposition zu verändern, nicht erreichen. Er musste aufstehen, um nach dem Blatt zu greifen. Aufgeregt überflog er die Zeilen.

„Toxine? Blattner wurde vergiftet? Aber vorher hieß es doch, der Schlag auf den Kopf war …"

Berger ließ seinen Schützling nicht ausreden. „Lies weiter, Hansen. Da steht, dass geringe Mengen giftiger Pflanzen in Blattners Magen gefunden wurden. Das Kraut war bereits verdaut, hatte also offensichtlich seine Wirkung schon gezeigt."

Hansen sah Berger verdutzt an. Er verstand nur Bahnhof. „Und was heißt das jetzt genau?"

„Das heißt, dass Blattner irgendwas gefuttert hat, was ihm zwar nicht bekommen ist, ihn aber auf keinen Fall umgebracht hat."

„Übelkeit, Erbrechen, Durchfall …", Hansen hatte die Stelle im Bericht inzwischen auch gefunden.

Er legte das Stück Papier zurück auf den Schreibtisch. „Wäre ja nicht das erste Mal, dass einer durch eine Giftkräutermischung im Essen umgebracht werden sollte."

„Der Plan wäre dann allerdings gründlich schiefgelaufen."

„Weiß man denn schon, um welche Pflanze es sich handelt? Das könnte uns bei den Ermittlungen doch weiterhelfen."

Berger überflog noch einmal die entsprechenden Zeilen und schien diesmal fündig zu werden: „Hier steht etwas von *Colchicum autumnale. Zu Deutsch: Herbstzeitlose*."

„Herbstzeitlose?", fragte Hansen erstaunt. „Die findet man doch hier auf jeder Wiese. Und die soll tatsächlich so giftig sein?"

„Schau mal nach, ob der Computer uns ein paar Informationen über das Blümchen ausspuckt", beauftragte Berger seinen Kollegen.

Hansen tippte etwas in den PC und fand in Sekundenschnelle eine Antwort. Er las laut vor: *„Die Herbstzeitlose enthält das Gift Colchicin, das Ähnlichkeiten mit Arsen aufweist. Vergiftungen mit der Pflanze sind nicht selten und zeigen sich mit Erbrechen, Krämpfen und blutigen Durchfall. Weiterhin erfolgt eine Kreislaufschädigung, die sich* *durch Abfallen der Körpertemperatur, sowie des Blutdrucks bemerkbar macht. Nach ein bis zwei Tagen tritt dann der Tod durch Atemlähmung ein."*

„Hmm." Berger überlegte: „Wer immer Blattner das Zeug untergejubelt hat, der war entweder zu blöd, um die Wirkung zu kennen ..."

„Oder er wollte ihn gar nicht umbringen", fiel Hansen seinem Chef zum wiederholten Mal ins Wort.

„Ganz genau, Hansen. Da haste mal wieder scharf kombiniert."

Hansen war sich nicht sicher, ob sein Chef ihn mit der Bemerkung hochnehmen wollte oder ob das ein ernst gemeintes Lob war. Er war aber zu sehr mit dem Fall beschäftigt, um sich weitere Gedanken darüber zu machen: „Eigentlich ist Gift doch so ein Frauending, Chef. Oder was meinen Sie?"

„Eigentlich schon. Zumindest ist es laut Statistik eine der beliebtesten Mordwaffen bei Frauen. Liest du Krimis, Hansen?"

„Ich ... Wieso ... Ich bin doch selbst ..."

„Ja, ja schon gut. Ich mein ja nur", Berger konnte sich ein Grinsen darüber nicht verkneifen, dass die Frage den jungen Kollegen so in Verlegenheit brachte. „Meine Ex hat die Dinger von der Ingrid Noll verschlungen. Gar nicht so übel, sag ich dir. Als Mann kann man da noch einiges lernen. Vor allem, auf welche Ideen Frauen kommen, wenn sie ihren Alten loswerden wollen." Bergers Grinsen wurde süffisant.

„Sie meinen, die Blattner war's?"

„Ich meine grundsätzlich gar nichts. Aber wir sollten uns bei den Ermittlungen nicht zu früh festlegen, Hansen. Auf jeden Fall nehmen wir aber alle Frauen, mit denen Blattner zu tun hatte, noch mal ganz genau unter die Lupe." Berger machte eine kurze Pause und fuhr dann fort: „Was ist eigentlich mit der Sekretärin? Hat die ein Alibi?"

„Ja, ein Handfestes sogar. Genauso übrigens die Umweltaktivistin. Beide Damen waren am Freitagabend im *ZAP* in Emmelshausen."

„*ZAP*?" Berger stand grad ein bisschen auf dem Schlauch.

„*Zentrum am Park*. Die Kulturbühne, Chef", half Hansen ihm auf die Sprünge.

„Ach ja, stimmt. Und weiter?"

„An dem Abend gab es eine Karaoke-Veranstaltung. Die schöne Moni war der Star des Abends. Sie ist wohl häufig dort zu Gast und singt anscheinend auch ganz gut. Nach Aussage des Veranstalters hat sie inzwischen sogar einen richtigen Fanclub. Also die Moni war definitiv den ganzen Abend dort.

„Und die Zilles?", wollte Berger wissen.

„Die ist wohl eher zufällig dort gelandet. Sie war vorher mit ihrer Truppe auf irgendeiner Klimaschutzveranstaltung und hat sich dann zu dem Karaoke-Abend überreden lassen. Die ist dort auch nur dadurch aufgefallen, weil sie sich als Einzige der Anwesenden ganz offensichtlich nicht amüsiert hat. Im Dorf munkelt man schon hinter vorgehaltener Hand, dass die Zilles überhaupt keinen Spaß versteht und die Furchen in ihrem Gesicht noch tiefer geworden sind, seit sie den Kampf um die Hängeseilbrücke verloren hat.

Berger hörte seinem Kollegen verwundert zu. „Woher weißt du das alles, Hansen?", fragte er verblüfft.

„Ähm." Hansen wurde ein bisschen verlegen. „Im Dorf wird eben viel geredet, Chef. Sie wissen doch, dass meine

Freundin auch aus Mörsdorf kommt. Da kriegt man das ein oder andere Gespräch schon mal mit."

„Gut so." Berger klopfte Hansen anerkennend auf die Schulter. „Sollte keine Kritik sein, Hansen. Ich wollte eben nur wissen, woher du deine Infos beziehst." Berger grinste wieder. Er fand es doch sehr amüsant, wie schnell der junge Kollege aus der Bahn zu werfen war.

Hansen hatte sich wieder gefangen und fuhr fort: „Na ja, egal. Gegangen ist die Zilles auf alle Fälle zusammen mit den anderen. Und zwar erst weit nach Mitternacht. Da war der Blattner längst tot."

„Na, also, das ist doch schon mal was, Hansen. Dann scheiden die beiden Damen als Täterinnen ja wohl aus."

„Suchen wir denn jetzt ausschließlich nach einer Frau?"

„Keine Ahnung. Wir suchen nach allem, was verdächtig sein könnte. Den Schlag auf den Kopf hat Blattner auf jeden Fall von einer kräftigen Person gekriegt. Das kann ein Mann gewesen sein. Muss aber nicht. Sicherlich gibt es im Hunsrück auch jede Menge starke Frauen."

Fast unmerklich huschte Hansen ein Lächeln übers Gesicht. Unweigerlich musste er an seine Ulla denken. Wenn die wollte, könnte sie ihn locker auf den Arm nehmen.

„Also, weiter im Text", unterbrach Berger die Gedanken seines Kollegen. „Was haben deine Ermittlungen noch ergeben?"

Hansen holte sein Notizbuch hervor und blätterte darin herum, bis er die richtige Seite gefunden hatte: „Die Alibis der Mitarbeiter sind soweit auch alle wasserdicht. Entweder lagen die Jungs brav zu Hause in ihren Bettchen. Oder sie waren noch unterwegs, was man über die Fahrtenschreiber kontrollieren kann. Einige müssen allerdings noch ausgewertet werden.

„Okay, dann kümmere dich darum. Hat die Fahndung nach dem Auto mit der auffälligen Flammenzeichnung schon etwas ergeben?“

„Bisher nicht. Die Karre scheint wie vom Erdboden verschwunden zu sein. Falls es sie überhaupt gibt. Niemand hier in der Gegend kann sich an ein solches Fahrzeug erinnern. Das ist doch sonderbar.“

„Allerdings.“ Berger dachte nach. „Aber welchen Grund sollte Metzler haben, ein solch auffälliges Auto zu erfinden?“

„Stimmt, das gibt wirklich keinen Sinn“, pflichtete Hansen seinem Chef bei.

„Bleib da mal dran. Ich werde nachher noch mal bei der Blattner vorbeischauen und ihr wegen der Giftkräuter auf den Zahn fühlen.“

„Aye, aye Sir“, Hansen schlug die Hacken zusammen und hob seine Hand zu einem militärischen Gruß. Beim Verlassen des Büros, stieß er an der Tür mit Stephan Nick, einem Kollegen von der Wirtschaftskriminalität zusammen. Der Fall musste wirklich brisant sein, wenn die Obrigkeit sogar Leute von der *Wikri* aus Koblenz kurzfristig in den Hunsrück verbannten.

„Oh sorry, Hansen. Hab Sie nicht gesehen.”

„Das ist mir klar. Ihr Fachidioten seht ja auch nur Zahlen. Mit Lebewesen habt ihr es nicht so, was?“ Hansen rieb sich in gespielter Empörung den Arm.

„Hört auf zu meckern. Schaut lieber, was ich für euch hab. Das wird euch interessieren.“

Hansen nahm den Stapel Blätter aus der Hand des Kollegen und drehte sich zu Berger um. „Riecht nach Arbeit, Chef.”

Interessiert kam Berger näher. „Was ist das?“, fragte er den Kollegen.

„Das sind die Unterlagen aus Blattners Lohnbuchhaltung. Soll ich euch das kurz erklären?"

„Jou. Wär schon nicht schlecht."

Berger bot Nick den Bürostuhl an seinem Schreibtisch an und nahm selbst auf der Tischkante Platz. Bilanzen waren für Berger böhmische Dörfer und würden es vermutlich Zeit seines Lebens bleiben. Er war froh, dass er sich bei der ganzen Verwaltungsarbeit nicht auch noch mit so einem Quatsch befassen musste, sondern dass es dafür extra ausgebildete Mitarbeiter gab.

Gespannt starrten Berger und Hansen den Kollegen an, bis der endlich loslegte: „Aus den Unterlagen geht Folgendes hervor. Bis vor einem halben Jahr waren die Fahrer in der Spedition fest angestellt. Abgerechnet wurde nach Stunden, immer zum gleichen Stundenlohn. Lohnüberweisungen erfolgten bis zum Dritten des Folgemonats."

„Okay. Das dürfte ja nichts so Besonderes sein." Berger wurde schon ungeduldig. „Kommen Sie auf den Punkt."

„Ähm. Ja klar", entgegnete Nick. „Das Interessante an der Sache ist, dass die Verträge alle gleichzeitig enden. Und zwar exakt vor einem halben Jahr. Also am dreißigsten März."

„Hmm", brummte Berger unzufrieden. Ihm ist noch immer nicht klar, was der Kollege eigentlich sagen wollte.

„Jetzt spannen Sie uns doch nicht so auf die Folter." Auch Hansen verlor langsam die Geduld. „Sie wollen doch nicht sagen, dass die Fahrer alle entlassen wurden. Die Leute sind nämlich noch da. Ich hab ja selbst mit denen gesprochen."

„Klar existieren die noch. Es sind auch noch genau dieselben Leute, die auf Blattners Lkw sitzen. Aber, sie sind eben nicht mehr fest angestellt." Nick machte eine bedeutungsvolle Pause, bevor er endlich die Katze aus dem Sack ließ: „Ich sag nur *Scheinselbstständigkeit*."

Endlich dämmerte es Berger. „Sie meinen Blattner hat die Fahrer entlassen, um keinen Mindestlohn zahlen zu müssen?"

„Genau erfasst." Kollege Nick war erleichtert. „Um den gesetzlich vorgeschriebenen Mindestlohn zu umgehen, müssen die Fahrer sich selbst versichern. Sind also quasi selbstständig. Sie fahren dieselben Touren auf denselben Lkw wie vorher. Aber statt eine Lohnabrechnung zu erhalten, müssen sie dem Spediteur am Monatsende selbst eine Rechnung schreiben."

„Und wo ist jetzt da der Unterschied?" Hansen war noch nicht wirklich dahinter gestiegen, wie die Sache funktionieren sollte.

„Na ganz einfach, Hansen. Wenn du angestellt bist, hast du seit dem ersten Januar ein Anrecht darauf, achtfuffzisch die Stunde zu verdienen. Das war dem Blattner aber zu teuer. Also schmeißt er seine Leute offiziell raus. Entlässt sie sozusagen in die Selbstständigkeit. So kommt er billiger weg. Was du als Selbstständiger verdienst, ist dem Staat nämlich wurscht. Das darf dann auch weniger als der Mindestlohn sein, der nämlich nur für Angestellte gilt." Nick machte wieder eine bedeutungsvolle Pause. Der Kollege liebte es, wenn er sich auf seinem Fachgebiet in Szene setzen konnte, und kostete seinen Triumph ganz offensichtlich aus. „Das ist übrigens kein Einzelfall. Gerade in der Logistik-Branche kommt das häufiger vor. Deshalb haben wir in unserer Abteilung auch gezielt darauf geachtet."

„Die Fahrer machen letztlich bei diesem Modell das schlechtere Geschäft, weil sie sich erstens selbst versichern müssen und zweitens keinen Anspruch mehr auf Urlaub oder Krankengeld haben“, fasste Berger zusammen.

„Und das machen die einfach so mit?“ Hansen konnte seine Empörung nicht verbergen. Er kannte selbst genug Fahrer, deren Situation ohnehin beschissen genug war.

„Den meisten bleibt doch überhaupt nichts anderes übrig. Die Arbeitsplätze im Hunsrück sind ja nicht gerade dicht gesät“, warf Berger sachverständig ein.

„Da könnte man sich glatt vorstellen, dass der ein oder andere Fahrer einen Hass auf seinen ehemaligen Chef entwickelt.“ Hansen überlegte weiter und schaute seinen Chef dabei fragend an: „Das wäre doch durchaus ein Motiv, oder?“

Für einen kurzen Moment herrschte Stille im Büro. Dann sprang Berger mit einem Satz von der Tischkante und schien voller Tatendrang: „Hansen, sieh zu, dass die Fahrtenschreiber ausgewertet und mit den Aussagen der Fahrer abgeglichen werden.” Wie ein Tiger im Käfig lief der sonst eher besonnene Berger im Büro auf und ab und machte dabei seinem Ärger Luft: „Mein Gott, warum dauert denn das alles immer so lange? Was machen diese Sesselfurzer hier im Haus eigentlich den ganzen Tag?“

Hansen sah zuerst seinen Chef und dann den Kollegen von der Wirtschaftskriminalität fassungslos an. So hatte er den Kommissar noch nicht erlebt.

Auch Stephan Nick schien es nach Bergers ungewohntem Gemütsausbruch plötzlich ziemlich eilig zu haben, aus dem Büro der Ermittler zu verschwinden.

Berger und der immer noch verblüffte Hansen blieben alleine im Büro zurück. Im Gegensatz zu seinem Chef hatte Hansen sich aber schnell wieder gefasst und reagierte ganz besonnen: „Na, na Chef. Jetzt gehen Sie mal nicht so kritisch mit den Kollegen ins Gericht. Immerhin haben wir jetzt einen neuen Ansatzpunkt."

„Aber noch nicht einen Verdächtigen, den wir der Öffentlichkeit präsentieren können." Berger machte seinem Unbehagen erneut Luft und knallte den Stapel Akten lautstark auf den Tisch. „Dieser Fall beschäftigt die Öffentlichkeit mehr als alles andere", knurrte er unzufrieden. Allzu gerne würde Berger der Presse endlich positive Nachrichten übermitteln.

Sein junger Kollege durchschaute ihn. „Ach daher weht der Wind. Sie wollen den Journalisten etwas Gutes tun." Hansen grinste süffisant. „Man hat Sie übrigens gestern im Tierpark gesehen."

„Na das hätte mich auch gewundert, wenn hier etwas unbeobachtet geblieben wäre." Das hatte Berger gerade noch gefehlt, dass jetzt auch sein Privatleben in der Polizeiinspektion breitgetreten wurde. Er ließ sich in seinen freigewordenen Sessel fallen, hielt es aber nicht lange aus, still zu sitzen.

Keine zwei Minuten später sprang er wieder auf und tigerte unruhig durchs Büro. Der Fall beschäftigte ihn sehr. Nicht nur deshalb hatte er keine Lust mit Hansen über sein Privatleben zu plaudern, auch wenn diesem das ganz offensichtlich sehr missfiel. Wenn Hansen dachte, dass er seinem Vorgesetzten mit solchen Bemerkungen Intimitäten aus seinem Privatleben entlocken konnte, war er schiefgewickelt.

Berger holte tief Luft und lenkte das Gespräch wieder in berufliche Bahnen. „Es bleibt dabei Hansen. Du vergleichst die Fahrtenschreiber mit den Aussagen. Ich fahre noch mal raus zu der Witwe. Wir brauchen Klarheit darüber, ob Blattner das Gift zu Hause verabreicht wurde oder sonstwo."

Auf dem Weg zum Auto kam Berger wieder zur Ruhe und ließ die bisherigen Erkenntnisse noch einmal Revue passieren. Neben der Tatsache, dass Blattner vergiftet worden war, war da ja auch noch die Sache mit dem ergaunerten Ackerland, über die die drei alten Männer auf dem Dorfplatz gesprochen hatten. Von dem Gespräch, das Berger mehr oder weniger zufällig belauscht hatte, hatte er Hansen noch gar nichts erzählt. Die Faktenlage war derzeit verwirrend genug. Wenn er jetzt noch ein weiteres Puzzleteil ins Feld warf, drehte der junge Kollege vermutlich komplett am Rad. Berger beschloss Hansen lieber kleine Häppchen zu servieren, um ihn nicht zu überfordern. Besser der junge Kollege konzentrierte sich auf das Wesentliche. Solange der die ihm übertragenen Arbeiten überblicken konnte, war hundert Prozent Verlass darauf, dass er nicht schlampte. Berger selbst musste allerdings gleichzeitig in alle Richtungen ermitteln. Wenn die Windenergiefirma tatsächlich solch horrende Pachtpreise zahlte, wie man sich im Dorf erzählte, wäre das durchaus auch ein Mordmotiv. Es haben schon Leute für weniger Geld gemordet, dachte Berger und machte sich auf den Weg nach Mörsdorf.

Auf sein Klingeln hin blieb es still in der Villa. Möglicherweise war Kristin Blattner unterwegs. Blattners Leiche war am Vormittag zur Beerdigung freigegeben worden. Berger konnte sich vorstellen, dass die Witwe vor der Trauerfeier noch einiges zu regeln hatte. Blattner war ein angesehener Geschäftsmann gewesen, der außerdem auch zahlreiche Ehrenämter ausgefüllt hatte. Die Liste der geladenen Gäste dürfte von daher so lang sein, wie der Bart des Methusalem. Berger klingelte ein zweites Mal. So schnell wollte er die Hoffnung dann doch nicht aufgeben.

Als sich wieder nichts rührte, drehte er eine Runde um das Anwesen. Das Grundstück der Blattners war von einer

Ligusterhecke sowie einem Maschendrahtzaun umfriedet. An einer Stelle klaffte ein Loch im Zaun und die ansonsten dichte Hecke war hier nicht ganz so hoch gewachsen. Berger konnte einen Blick in den Garten riskieren. Allem Anschein nach war auch hier ein professioneller Designer am Werk gewesen. Der Garten sah aus wie in einem der Hochglanzmagazine, die Annabel immer gelesen hatte. Neben etlichen Blumenrabatten und Gemüsebeeten entdeckte Berger eine Kräuterspirale. Im Gegensatz zu dem gepflegten Erscheinungsbild der anderen Beete schienen die Kräuter allerdings entweder verblüht zu sein, oder jemand hatte sich unlängst wenig professionell an diesem Beet zu schaffen gemacht. Hier herrschte Sodom und Gomorrha. Als ob Wildschweine am Werk gewesen wären.

Dem Kommissar kam die Sache mit den Giftkräutern im Magen des Toten in den Sinn. Und sein detektivischer Spürsinn bekam einen aktiven Schub. Er musste wissen, was im Garten der Blattners wuchs. Sofort.

Ein kurzer Blick nach rechts und links bestätigte ihm, dass er nicht beobachtet wurde. Auf der Straße war kein Mensch zu sehen. Da er von Hansen wusste, dass derzeit im Dorf zu jeder Tageszeit irgendwo ein Wanderer um die Ecke schießen konnte, kontrollierte er die Umgebung lieber noch ein zweites Mal. Aber auch diesmal deutete nichts darauf hin, dass er beobachtet wurde.

Mit einem sportlichen Satz gelang es Berger, über die Hecke zu springen, und das ohne sich dabei die Hosenbeine aufzureißen. Voller Stolz realisierte er, dass seine sportlichen Bemühungen, denen er in letzter Zeit wieder regelmäßig im Fitnessstudio nachkam, anscheinend Früchte trugen. Bevor der Kommissar den Garten betrat, warf er noch einmal einen Blick zurück auf die Straße. Dass sein

Verhalten nicht ganz korrekt war, wusste er selbst. Aber die Dringlichkeit der Sache gebot es ihm, seiner Neugier nachzukommen.

Vorsichtig setzte Berger einen Fuß vor den anderen. Immer darauf bedacht, keine Spuren zu hinterlassen. Im Kräuterbeet wurde allem Anschein nach alles entfernt, was vorher in fruchtbarer Erde steckte. Vielleicht handelte es sich ja dabei tatsächlich um giftige Pflanzen. Berger war kein Botaniker, trotzdem sah er sich weiter im Garten um.

Hinter einer großen Buchsbaumhecke, die er auch als Nichtbotaniker eindeutig an dem Geruch räudiger Kater erkannte, erspähte der Kommissar einen Schnell-Komposter aus braunem Kunststoff. Berger hob den Deckel des Kunststoffgefäßes hoch. „Na, da schau her", sagte er zufrieden zu sich selbst. Ganz oben auf lagen jede Menge ausgerissene Pflanzen, die meisten noch mit Wurzeln und Knollen, offensichtlich in Eile aus der Erde gerissen und entsorgt. Um welche Pflanzen es sich dabei genau handelte, sollten die Kollegen herausfinden, aber Berger ging davon aus, dass das, was er hier vorfand, keine Salatpflänzchen waren. Er steckte ein paar Exemplare in einen Klarsichtbeutel und verschwand ungesehen wieder vom Grundstück der Nobelvilla.

Bevor er zurück nach Simmern fuhr, wollte er dem Bürgermeister des Dorfes noch einen Besuch abstatten. Am Samstag war der Mann nicht ansprechbar gewesen. Verständlicherweise, dachte Berger. Schließlich hatte Friedhoff kurz zuvor eine Leiche gefunden. Inzwischen wusste der Kommissar aber, was er am Tag des Mordes noch nicht wusste. Nämlich, dass die Friedhoffs zum Freundeskreis der Blattners gehörten und einen engen Kontakt gepflegt hatten. Beide Paare waren kinderlos. Vielleicht hatte das die vier, wenn auch unbewusst, miteinander verbunden. Berger erhoffte sich, von dem Ortschef etwas zu erfahren, was ihn in dem Mordfall weiterbrachte.

Er stellte sein Auto auf dem Parkplatz am Ortseingang ab und machte sich zu Fuß auf den Weg ins Dorf. Die Hauptstraße war noch ziemlich belebt. Die Eröffnung der Hängeseilbrücke war erst vor ein paar Tagen gewesen, aber die Touristenattraktion schien wie eine Bombe einzuschlagen. Die Leute im Dorf würden sich wohl daran gewöhnen müssen, dass man auf der Straße ständig fremden Leuten begegnete. Den Outfits nach zu urteilen, handelte es sich in den meisten Fällen um Wanderer, die, bestens ausgerüstet mit Wanderschuhen und Multifunktionsjacken, entweder auf dem Weg zur Brücke waren, oder gerade ihre Wanderung beendet hatten und im Café oder in der Dorfkneipe einkehren wollten.

Auf der Höhe der Dorfkirche drangen laute Stimmen an Bergers Ohr. Im Innenhof des ehemaligen Pfarrhauses, in dem der Bürgermeister mit seiner Frau wohnte, erblickte Berger zwei Männer, die allem Anschein nach, in einen heftigen Disput verstrickt waren. In einem der beiden erkannte er Martin Friedhoff.

„Jupp, ich hab dir doch schon hundertmal gesagt, dass ich als Bürgermeister da wirklich gar nichts machen kann."

„Aber das kann doch nicht sein. Du und dein Gemeinderat, ihr habt doch dafür gesorgt, dass die Grundstücke als Windkraftflächen ausgewiesen werden. Ihr seid alle Betrüger. Genau wie der Blattner, der Lump."

„Jetzt beruhige dich aber mal wieder, Jupp. Du kannst ja versuchen, das Grundstück von der Witwe zurückzukaufen."

„Pah. Als ob die mir das jetzt wieder verkaufen würde. Das ist doch lächerlich. Jetzt, wo das Land vergoldet ist."

„Es tut mir leid Jupp, wenn der Hannes dich da beschissen hat. Aber bei einem rechtsgültigen Verkauf ist da nix zu machen. Du kannst es ja über einen Anwalt versuchen." Der Bürgermeister wollte den aufgebrachten Mann beschwichtigen.

„Anwalt, dass ich nicht lache. Einem Winkeladvokaten das Geld in den Rachen werfen." Die Stimme des Bauern wurde immer lauter. „Außerdem wüsst ich gar nicht, wovon ich das bezahlen soll", fügte Jupp dann kleinlaut hinzu, drehte sich abrupt um und wandte sich empört zum Gehen.

Im selben Moment entdeckten beide Männer den Kommissar. Jupps Miene verfinsterte sich noch weiter, sofern das überhaupt möglich war. Dann marschierte er grußlos an Berger vorbei in Richtung Dorfstraße.

„Was war denn hier los?", fragte Berger den Bürgermeister, als der Bauer das Feld geräumt hatte.

Friedhoff winkte ab. „Ach diese leidige Sache mit den Windrädern. Aber ohne das Geld hätten wir die Brücke niemals bauen können. Ansonsten haben die Energieriesen schon viel Unruhe ins Dorf gebracht."

Berger schaute den Bürgermeister fragend an. Friedhoff schien ihm anzusehen, dass er überhaupt nicht wusste, um was es hier ging.

„Kommen Sie, Herr Kommissar. Ich werde es Ihnen erklären. Sie kriegen es ja ohnehin raus. Am besten gehen wir ins Haus. Meine Frau hat eben frischen Kaffee aufgebrüht."

Berger folgte Friedhoff ins Haus. Schon im Flur duftete es verführerisch gut nach Kaffee. Der Bürgermeister bat den Kommissar ins Wohnzimmer. Auf dem Weg warf Berger einen raschen Blick in die Küche, in der die Hausfrau mit Tassen und Tellern hantierte. Die geschmackvolle Einrichtung überraschte ihn nicht. Wie Kristin Blattner schien auch Vera Friedhoff ein Händchen für Inneneinrichtung zu haben. Der Wohnraum war aber im Gegensatz zu dem von

Blattner nicht protzig, sondern eher von klassischer Eleganz. Zwei Ledersofas von Le Corbusier standen sich gegenüber. Entlang der Wände erstreckten sich weiße Regale, die bis unter die Decke mit Büchern gefüllt waren.

Vera Friedhoff servierte den Kaffee an einem schlichten Holztisch, der mit lederbezogenen Freischwingern bestuhlt war. Zum Kaffee reichte die Gastgeberin jedem ein saftiges Stück Schokoladentorte. Unweigerlich musste Berger an Franka denken. Wie er aus sicherer Quelle erfahren hatte, würde die Journalistin für ein Stück Kuchen alles stehen und liegen lassen.

Erst nach einer guten Stunde verließ der Kommissar das Pfarrhaus und war um einige Informationen reicher. Die bruchstückhafte Unterhaltung, die Berger auf dem Dorfplatz belauscht hatte, hatte endlich konkrete Formen angenommen. Dass es dabei um irgendwelche Grundstücksgeschichten unter Bauern ging, konnte er sich ohnehin schon zusammenreimen. Jetzt wusste er, dass Jupp Schmitz tatsächlich einen guten Grund hatte, stinksauer auf Blattner zu sein. Der Spediteur hatte dem in diesem Fall tatsächlich dummen Bauern für sehr billiges Geld einige Hektar Ackerland abgeluchst, das kurz darauf als Windenergiefläche ausgewiesen wurde und um ein Vielfaches im Wert stieg. Aber Jupp Schmitz würde dafür niemals einen Mord begehen, das hatte Friedhoff im Gespräch mit Berger mehrfach beteuert. Berger glaubte dem Bürgermeister. Als Mörder kam der Bauer auch deshalb schon nicht in Frage, weil er am Tatabend mit dem Bürgermeister und jeder Menge anderer Zeugen zusammen in der Dorfwirtschaft gesessen hatte. Der Kommissar strich den Bauern von seiner imaginären Liste der potenziellen Mörder.

Immer noch verdächtig blieb allerdings Blattners Witwe. Schließlich war Kristin die Alleinerbin des gesamten Blattner-Vermögens und das war, nachdem was die Kollegen anhand der Bankdaten ermittelt hatten, nicht gerade wenig. Außerdem interessierte es Berger brennend, was die Witwe mit der Firma vorhatte. Würde sie verkaufen oder die Firma weiterbetreiben? Nachdem was Friedhoff ihm erzählte, hatte Kristin Blattner sich noch nie für die Geschäfte ihres Mannes interessiert. Ein Verkauf wäre also naheliegend und ... würde die Liquidität der Dame noch um einiges erhöhen. Vielleicht gab es ja einen lang gehegten Traum, den Kristin Blattner sich gerne erfüllen wollte. Ein Haus am Meer, eine Kreuzfahrt in der Karibik, Wellnessurlaub am laufenden Band ... Dem stünde mit dem Geld aus dem Verkauf der Firma nichts im Weg. Möglicherweise hätte es sich dafür sogar gelohnt, den untreuen Gatten aus dem Weg zu räumen.

Unweigerlich musste Berger an die Giftkräuter denken, die in Blattners Magen gefunden worden waren. Die Sache beunruhigte den Kommissar. Ob Kristin Blattner vielleicht doch versucht hatte, ihren Mann zu vergiften? Berger musste die Pflanzen, auch wenn er sie auf nicht ganz korrekte Weise erstanden hatte, von der Kriminaltechnik untersuchen lassen. Wenn überhaupt, konnte erst ein Untersuchungsergebnis Licht ins Dunkel bringen. Bis dahin beschloss Berger, die Witwe erst einmal in Ruhe zu lassen. Zumindest solange bis sie ihren Mann unter die Erde gebracht hatte. Er nahm sich vor, selbst an der Beerdigungszeremonie teilzunehmen und dabei die Gelegenheit zu nutzen, die Trauergäste mit Argusaugen zu beobachten. Es wäre schließlich nicht das erste Mal, dass ein Mörder sich durch auffälliges Verhalten bei einer Trauerfeier verraten hätte.

Sechzehn

Rums! Mit einem Satz sprang Rubens auf Frankas Schoß und bohrte seine Krallen in ihre Oberschenkel. Erschrocken fuhr sie zusammen. Sie war gerade dabei, ihre Nachrichten auf dem Smartphone zu checken. Mit dem Angriff des Katers hatte Franka ganz und gar nicht gerechnet. Ihr leiser Aufschrei verscheuchte das Tier, das sofort fluchtartig unter der Küchenbank verschwand. Vermutlich hatte er sich nur seine täglichen Streicheleinheiten abholen wollen und Franka hatte den Annäherungsversuch mal wieder gründlich missverstanden. Die Kommunikation zwischen den beiden war durchaus noch verbesserungsbedürftig.

Franka nahm sich fest vor, in nächster Zeit daran zu arbeiten, widmete sich dann aber wieder ihren E-Mails. Jutta ließ fragen, wie ihr das Landleben bekam, und ob es schon einen feschen Bauern gab, der ihr den Hof machte. Es folgten drei Smileys mit Lachtränen. Den hämischen Unterton der Freundin konnte Franka zwischen den Zeilen herauslesen. Trotzdem war sie amüsiert. Fescher Bauer, was die für eine Vorstellung hatte.

Rubens unternahm einen neuen Annäherungsversuch. Diesmal ging er vorsichtiger vor und versuchte es vom Küchenboden aus mit einem treuen Hundeblick. Dieser Versuch war erfolgreicher, denn kurz darauf räkelte er sich zufrieden schnurrend auf Frankas Beinen. Ohne dem Kater große Beachtung zu schenken, scrollte Franka sich weiter durch die Kurznachrichten, als es an der Haustür läutete. Wer konnte das sein?

Sie setzte den Kater auf den Küchenboden und ging zur Haustür. Draußen war niemand zu sehen. Gerade als Franka die Tür wieder schließen wollte, entdeckte sie Jan Berger, der interessiert die Schramme an ihrem Beetle betrachtete.

War ja klar, dass dem Kommissar so etwas nicht entging. Franka hoffte, dass er nicht nachfragen würde, wie es zu der Blessur gekommen war und begrüßte Berger mit einem freundlichen „Hallo."

Anstatt die Begrüßung zu erwidern grinste der Kommissar höhnisch und fragte: „Was ist denn hier passiert?"

Franka hatte keine Lust, ihm jetzt von der dämlichen Verfolgungsjagd zu erzählen, und lenkte schnell vom Thema ab.

„Möchte der Herr einen Kaffee, oder bist du gekommen, um hier herumzuschnüffeln?"

„Kaffee wäre ganz prima." Berger folgte Franka in die Küche. Während sie zwei Kaffeebecher aus dem Schrank holte und beide eingoss, befreite er einen der Küchenstühle von einem Stapel Zeitungen, Zeitschriften und Bücher, damit er sich setzen konnte. Franka verkniff sich einen Kommentar. Hätte sie gewusst, dass Besuch kommen würde, hätte sie natürlich aufgeräumt. Jetzt erschien es ihr klüger, den Mund zu halten, um die Unordnung nicht noch mehr in den Fokus zu rücken.

Ihre Befürchtung, Jan wäre wegen des Unfalls gekommen, zerschlug sich schnell. Er wollte ihr tatsächlich nur einen Freundschaftsbesuch abstatten. Die beiden kamen schnell ins Gespräch, plauderten über dies und das. Es war nicht zu übersehen, dass sie sich sympathisch waren. Jan erzählte Franka von seiner gescheiterten Ehe und von seinem Sohn, den sie bereits kennengelernt hatte. Im Gegenzug erklärte Franka, warum eine Journalistin es vorzog, aus der Großstadt in die Provinz zu ziehen. Die Zeit verging viel zu schnell. Als Jan sich verabschiedete war es draußen bereits dunkel.

Franka ging zurück in die Küche. Ihr Handy lag noch auf dem Küchentisch. Sie nahm es zur Hand und antwortete auf Juttas Nachricht: *Bin angekommen. P.S.: Der fesche Bauer ist ein Polizist* ☺

Siebzehn

Angeführt vom Dorfpfarrer und zwei jugendlichen Messdienern setzte sich die Prozession der Trauergemeinde von der Kirche in der Dorfmitte aus langsam in Bewegung. Die Hauptstraße war noch nass vom Regen am Vormittag. Aber kaum, dass der letzte Besucher das Gotteshaus verlassen hatte, riss der Himmel auf. Ein paar kräftige Sonnenstrahlen blitzten durch die geöffnete Wolkendecke. Die nasse Straße reflektierte das Licht erbarmungslos, sodass einige der Trauergäste hektisch ihre Sonnenbrillen hervorkramten, um sich gegen die ungewohnte Helligkeit zu schützen, bevor sie dem Trauerzug folgten.

Auf dem Friedhof suchte Franka sich einen Platz etwas abseits. Eine große Buchsbaumhecke schien ihr den geeigneten Schutz zu bieten, ließ aber gleichzeitig eine freie Sicht auf die Trauergesellschaft zu. Nicht verwunderlich also, dass Jan den Platz neben ihr einnahm. Franka hatte ihn schon in der Kirche gesehen und gehofft, dass sie sich später begegnen würden. Auch Berger war nicht entgangen, dass der Platz optimal geeignet war, um die komplette Trauergesellschaft im Blick zu behalten, ohne selbst groß aufzufallen. Unauffällig tauschten die beiden einen kurzen, aber sehr vertrauten Blick und widmeten sich dann schnell wieder der Aufgabe, derentwegen sie gekommen waren.

Franka erhoffte sich genau wie Jan, dass sich vielleicht etwas Ungewöhnliches ereignete, das einen Hinweis auf den oder die Mörder lieferte. Eigentlich war es ja Aufgabe der Polizei, sich um die Ermittlungen zu kümmern. Als Journalistin konnte es ihr im Prinzip völlig schnuppe sein, wie schnell der Fall aufgeklärt wurde oder ob überhaupt. Aber gegen ihre Neugier, die sie schon als Kind zu den verrücktesten Sachen verleitet hatte, kam Franka einfach nicht an.

Auf dem Friedhof war es still geworden. Die Trauergäste hatten sich um die Grabstelle versammelt und der Pfarrer begann mit der Zeremonie. Jan stand so dicht neben Franka, dass ihre Arme sich leicht berührten. Franka war das nicht unangenehm. Im Gegenteil. Seit Jans letztem Besuch bei ihr war Franka sich ziemlich sicher, dass ihre Sympathie gegenseitig war und dass da früher oder später etwas laufen würde.

Sie genoss die vertraute Nähe.

Jetzt rückte der Kommissar ihr allerdings ganz schön auf die Pelle. Ob eine Beerdigung der richtige Ort war, um sich an seine Angebetete heranzumachen, wagte Franka zu bezweifeln.

Was zum Teufel fummelte der da an ihrem Hintern herum? Das ging zu weit. Franka war empört. Gerade wollte sie mit dem rechten Bein gegen Jans Flanke treten, um ihn in die Schranken zu weisen, als sie eine ihr nicht unbekannte Stimme vernahm: „Platz da, du Schlampe. Aus dem Weg. Du versperrst mir mit deinem dicken Arsch die ganze Sicht“, zischte es aus dem nahen Gebüsch.

Franka glaubte, nicht richtig gehört zu haben. Erschrocken fuhr sie herum und bemerkte, dass nicht Jan es war, der ihr da an die Wäsche wollte, sondern der nette Kollege vom Wochenblatt. Die quietschgelbe Kamera, die ganz dicht neben ihr aus dem Busch hervorlugte, war ihr vorher gar nicht aufgefallen.

Sofort stieg Franka die Zornesröte ins Gesicht. Der Mann schreckte wirklich vor nichts zurück. Hatte dieser Mensch denn keinen Funken Anstand? Berger schien Pitt Seibel noch nicht bemerkt zu haben. Der Kommissar stand regungslos da und starrte mit zusammengekniffenen Augen in die Menschenmenge. Irgendetwas oder jemanden schien er im Visier zu haben. So gut kannte Franka den Kommissar inzwischen. Berger war so konzentriert, dass er nichts mitbekam. Franka stupste ihn in die Seite. Im selben Moment war auch das leise Klicken des Auslösers zu hören. Endlich erwachte Berger aus seiner Trance. Er reagierte sofort. Blitzschnell drehte er sich um, packte den Reporter am Kragen, zog in, so unauffällig es eben ging, aus dem Gebüsch hervor und führte den Kerl im Polizeigriff in den rückwärtigen Teil des Friedhofs.

Franka sah noch, dass Berger ihm auf dem Weg etwas ins Ohr flüsterte. Was, konnte sie leider nicht verstehen. Aber kurze Zeit später, ließ Berger den Reporter los. Seibel zog mit gesenktem Kopf von dannen. Die Journalistin verspürte so etwas wie Genugtuung. Sie glaubte zwar nicht, dass der Kollege das Feld endgültig geräumt hatte, vielmehr lauerte er vermutlich der Trauergemeinde am Ausgang auf, um auf diese Weise doch noch an seine Sensationsfotos zu gelangen.

Der Pfarrer sprach gerade ein Gebet, worauf die Gemeinde im Chor mit den Worten „Im Kreuz ist Heil. Im Kreuz ist Wahrheit. Im Kreuz ist Leben“, antwortete.

Mit manchen Menschen ist es wirklich ein Kreuz, dachte Franka, als Jan zurückkam und sich mit einer Seelenruhe an seinen angestammten Platz stellte, als ob nichts geschehen sei. Obwohl der Berger sich bemüht hatte, möglichst unauffällig zu agieren, schien der Vorfall zumindest einigen Trauergästen nicht verborgen geblieben zu sein. Ein paar Männer und Frauen in ihrer näheren Umgebung warfen dem Kommissar honorierende Blicke zu. Andere traten unruhig von einem Bein aufs andere. Eine gewisse

Unruhe war Franka auch vor dem Zwischenfall mit Seibel schon aufgefallen.

Die unterschwellige Aufregung schien hauptsächlich Kristin Blattner zu gelten. Ganz in Schwarz gekleidet wirkte die Witwe noch eleganter, als sie es ohnehin schon war. Regungslos starrte sie ins Leere, flankiert von Martin und Vera Friedhoff.

Franka musste neidlos zugeben, dass Kristin eine auffallend schöne Frau war. Auffallend war allerdings auch ihre Aufmachung. Für die Beerdigung des eigenen Mannes hätte man sich vielleicht ein wenig dezenter zurechtmachen können. Kristins blondes mittellanges Haar war leicht toupiert und schimmerte golden in der Herbstsonne. Ihre Lippen strahlten in demselben glänzenden Rot wie ihre Fingernägel. Franka, die sich selbst als toleranten Menschen bezeichnen würde, fand Kristins Aufmachung etwas unpassend.

Und offensichtlich stand sie mit ihrer Meinung nicht alleine da. Denn soeben hörte sie, wie eine dunkel gekleidete Frau ihrer Nachbarin nicht gerade im leisesten Flüsterton zuraunte: „Sieht so eine trauernde Witwe aus?“

Die Nachbarin schüttelte verständnislos den Kopf, aber bevor sie etwas antworten konnte, wurden die beiden von einem älteren Mann aus der hinteren Reihe gestört.

„Pssst. Ruhe“, zischte er eindringlich.

Die Frauen verstummten augenblicklich, zudem im gleichen Moment der Leichnam in einem Sarg mit schwarzem Klavierlack in die Erde abgelassen wurde. So etwas hatte es in Mörsdorf noch nicht gegeben.

Als der Sarg sich in das Grab hinabsenkte, hakte der Bürgermeister Kristin unter, obwohl Vera seine Unterstützung nötiger gehabt hätte. Die Frau des Bürgermeisters war blass. In ihrem schmalen Gesicht zeichneten sich deutliche

Augenringe ab. Direkt hinter dem Trio ragte die hochgewachsene Statur von Georg Metzler hervor, der im eleganten dunklen Mantel eine durchaus gute Figur machte. Metzlers Mundwinkel zeigten nach unten, ansonsten zeigte er keinerlei Gefühlsregung. Franka hätte dem Mann, der in der Spedition als die rechte Hand des Chefs galt, zu gerne in die Augen geschaut. Die verbarg er allerdings sehr geschickt hinter einer großen Sonnenbrille vor neugierigen Blicken.

Aus den Reihen der Trauergäste waren Schluchzer zu hören. Franka wollte wissen, wem Blattners Tod so nahe ging, und sah sich unauffällig in der Menge um.

Die Witwe war es nicht. Sie stand wie versteinert vor dem offenen Grab und verzog keine Miene. Ein paar Reihen weiter hinten war das total verheulte Gesicht der schönen Monika zu sehen, die von ihrer Mutter gestützt wurde. In der Menge entdeckte Franka auch die beiden Lkw-Fahrer, die sie auf dem Parkplatz der Spedition belauscht hatte. Der Streit zwischen den beiden schien noch immer nicht beigelegt. Während der Größere, der von dem anderen Rudi genannt worden war, einen relativ gelassenen Eindruck machte, schien der Kleinere völlig außer sich zu sein. Er zappelte unruhig hin und her. Als er sich zum Gehen wenden wollte, hielt Rudi ihn fest und zwang ihn ganz offensichtlich dazu, stehen zu bleiben.

Franka warf einen verstohlenen Blick auf Jan. Er schien zwar auch jemanden im Visier zu haben, in die Richtung der beiden Fahrer schaute er allerdings nicht.

Inzwischen hatte der Pfarrer geendet und ging gemächlich auf die Witwe zu. Er reichte ihr die Hand und bedeutete ihr mit einer Geste, dem Toten die letzte Ehre zu erweisen. Kristin blieb wie versteinert stehen. Rührte sich nicht. Erst eine gefühlte Ewigkeit später schien sie aus ihrer Starre zu erwachen, griff zögernd nach der kleinen Schaufel und ließ geräuschvoll ein Häufchen Erde auf den Sarg plumpsen. Sie rührte sich nicht vom Fleck, bis Martin Friedhoff sie mit festem Griff wegzog, um den anderen Trauergästen ebenfalls die Gelegenheit zu geben, sich nach christlicher Tradition mit Erde, Blumen und Weihwasser von dem Toten zu verabschieden.

Der Musikverein stimmte „Ich hatte einen Kameraden" an und spätestens jetzt glaubte Franka im falschen Film zu sein. Ihr drehte sich der Magen um und sie wollte möglichst schnell weg von dieser kuriosen Szenerie. Sie nahm Jan bei der Hand und zog ihn zum Ausgang.

Als sich die Trauergemeinde zum Leichenschmaus in die Dorfwirtschaft begab, schlenderten Jan und Franka Hand in Hand in Richtung Kirchstraße.

„Lust auf einen Kaffee?", wollte Franka von Jan wissen. Der Kommissar nickte stumm und folgte Franka ins Haus.

In der Küche setzte Franka die Kaffeemaschine in Gang und hielt nach Rubens Ausschau. Der Kater war wie immer nirgends zu sehen. Vermutlich war er mal wieder auf Streifzug in Nachbars Garten.

„Du kannst die Tassen schon mal aus dem Küchenschrank holen und die Milch aus dem Kühlschrank. Nimmst du Zucker?"

Jan stand dicht hinter Franka. Sie konnte seinen Atem im Nacken spüren. Als sie sich umdrehte, zog er sie an sich und küsste sie zärtlich auf den Mund. Eigentlich hatte Franka schon seit Tagen darauf gewartet. Trotzdem traf der Moment sie unvorbereitet. Die sonst so taffe Frau schmolz in den starken Armen des Kommissars dahin. Mein Gott wie kitschig, dachte sie, bevor Jan sie ins Schlafzimmer zog, und sie es gerade noch schaffte die Vorhänge zuzuziehen.

In der Dorfkneipe gingen bereits die ersten Schnäpse über den Tresen und kaum einem der Trauergäste fiel auf, dass Kristin Blattner gleich nach der Beisetzung in die Villa zurückgekehrt war, ohne sich auch nur im Geringsten um die Gäste zu kümmern oder gemeinsam mit den Freunden und Kollegen ihres Mannes Abschied zu nehmen.

Aber außer ihr war noch einer dem Leichenschmaus ferngeblieben. Georg Metzler ließ sich erschöpft in seinem Wohnzimmer in das weiche Leder der Polstergarnitur plumpsen und atmete hörbar laut aus. Die Beerdigung hatte ihn viel mehr mitgenommen, als er erwartet hatte. Seine Gedanken kreisten um die Beisetzung seines Vaters vor mehr als dreißig Jahren und den Zeitpunkt, an dem sein Leben eine entscheidende Wendung genommen hatte. Metzler riss die Kapsel einer noch ungeöffneten Flasche *Lagavulin* auf und goss sich einen Single Malt ein. Vor ihm auf dem Couchtisch befand sich ein vergilbter Pappkarton. Metzler nahm einen kräftigen Schluck Whisky, bevor er bedächtig, man könnte fast sagen andächtig, den Deckel der Schachtel abhob. In dem Karton befand sich ein Sammelsurium aus alten Fotos. Teilweise stark vergilbt. Metzler kramte in dem Karton herum. Der Bürokaufmann hatte es auf ein bestimmtes Bild abgesehen. Als er es gefunden hatte, zog er das Foto heraus und starrte wie gebannt darauf. Es folgte eine Verwandlung. In Sekundenschnelle wurde aus dem Büroleiter Georg Metzler wieder der kleine Schorsch.

Es war Sommer. Der Vater hatte die beiden Söhne in seinem brandneuen Kleinlaster mit zur Wiese am Bach genommen. Der Vater war mächtig stolz auf den roten Transporter, auf dem in leuchtend weißen Buchstaben die Aufschrift „Blattner Transporte aller Art“, prangte. Eifrig halfen die Kinder dabei, Holz für ein Lagerfeuer zu sammeln. Ihr glückliches Lachen war weit über Feld und Flur zu hören. Schorsch war acht Jahre alt und besuchte schon die dritte Klasse. Er war der Beste in der Klasse, darauf war sein Vater ganz besonders stolz. Johannes, sein jüngerer Bruder, war für die Schule noch zu klein war. Sie hatten Bratwürste in einer Kühltasche von zu Hause mitgenommen. Sobald das Feuer brannte, konnten die Würstchen gegrillt werden. Der Vater hatte sich einen Campingstuhl aufgeklappt und öffnete eine Flasche Bier. Schorsch und Johannes durften zur Feier des Tages gelbe Limonade trinken. Beim Geruch der Bratwurst lief den Kindern das Wasser im Mund zusammen. Schorsch erinnerte sich nicht daran, vorher schon einmal so glücklich gewesen zu sein. Doch plötzlich waren Motorengeräusche zu hören, die die Idylle trübten. Das Knattern eines VW-Käfers kam näher und Sekunden später stand die Mutter da. Sie nahm ihr Kind, den Johannes, an der Hand und wollte ihn mit nach Hause nehmen. Es kam zum Streit mit dem Vater. Schorsch verhielt sich ganz ruhig. Am liebsten wäre er unsichtbar gewesen. Leider war er es nicht. Der böse Blick der Mutter traf ihn. Der Vater löschte das Feuer. Dann fuhren sie stillschweigend zurück ins Dorf.

Georg Metzler spürte wie Tränen über sein Gesicht liefen. Zornig warf er das Foto zurück in die Schachtel, verschloss den Deckel und feuerte den Karton mit einer raschen Handbewegung in die Ecke des Zimmers. Er griff nach dem Whiskyglas und leerte es in einem Zug, um sich gleich darauf einen neuen Single Malt einzugießen. Seine Gedanken hatten sich längst verselbstständigt. Wie wäre sein Leben verlaufen, wenn der Vater nicht so früh gestorben wäre? Er wusste es nicht, aber mit Sicherheit hätte er dann nicht im Heim aufwachsen müssen.

Achtzehn

Mitten in der Nacht klingelte Bergers Mobiltelefon. Das Handy lag immer griffbereit auf seinem Nachtisch. „Scheiß Job. Nie kann man ausschlafen", knurrte Berger, bevor er ein unfreundliches „Was gibt's?" in den Hörer raunzte.

Ihn wegen eines Unfalls mitten in der Nacht aus dem Bett zu holen, war für den Kommissar der Gipfel der Unverschämtheit.

„Können das nicht die Jungs von der Streife erledigen?", fragte er unfreundlich. Erst als der Kommissar vom Dienst am andern Ende der Leitung ihm erklärte, dass es sich bei dem Unfallopfer um einen von Blattners Mitarbeitern handelte, wurde Berger hellhörig und war von einem Moment auf den anderen hellwach. Er stand auf, schlüpfte in seine Kleidung und verließ im Laufschritt die Wohnung.

Ein Streifenwagen war bereits vor Ort, als Berger an der Unglücksstelle auf der Landstraße 204 eintraf. Ebenso die ortsansässige Feuerwehr, die zusätzlich Verstärkung aus Kastellaun angefordert hatte, sowie ein Rettungswagen des Deutschen Roten Kreuzes. Die regennasse Fahrbahn war mit Ästen, Laub und Lärchennadeln übersät. Vom Unfallfahrzeug konnte Berger nichts entdecken. Der Kommissar stieg aus dem Auto, als die Rettungssanitäter sich bereits zur Abfahrt bereitmachten. Für die Männer gab es nichts mehr zu tun. Der Fahrer zuckte mit den Schultern, startete den Motor und brauste davon.

Berger sah sich am Unglücksort um. Dem Chaos auf der Straße nach zu urteilen, hatte der Unfallfahrer gleich mehrere Bäume am Straßenrand gestreift, bevor der Wagen in einer Rechtskurve geradeaus die Leitplanke durchbrach und rund fünfzig Meter tiefer im Tal aufprallte.

Berger ging zu dem Kollegen von der Streife, der etwas unbeholfen am Fahrbahnrand stand und den Feuerwehrleuten bei der Bergung des Unfallopfers zuschaute.

„Weiß man schon etwas Näheres?“, fragte Berger.

„Der Fahrer war allein im Auto. Er war sofort tot. Die Feuerwehr musste ihn aus dem Wagen schneiden, aber selbst wenn die Männer danebengestanden hätten, als es passierte, wär da nix zu machen gewesen“, informierte der Polizist pflichtbewusst den Kommissar. Der junge Kollege machte einen mitgenommenen Eindruck.

„Waren Sie als Erster am Unfallort?“

Der Polizist nickte.

„Alleine?“ Berger schaute ungläubig. In der Regel waren die Kollegen zu zweit unterwegs.

„Nach Schichtende habe ich meine Kollegin nach Hause gefahren und war noch auf ein Bier mit zu ihr. Alkoholfrei natürlich“, fügte er schnell hinzu. „Als ich dann gegen halb vier auf dem Heimweg hier vorbeigekommen bin, habe ich den Unfall entdeckt.“

Berger überlegte kurz, ob er den Kollegen damit konfrontieren sollte, dass zwischen dem Schichtende um zweiundzwanzig Uhr und seiner Heimfahrt gegen drei Uhr morgens für nur ein Bier eine ziemlich große Zeitspanne lag. Entweder war der Junge ein sehr langsamer Biertrinker oder aber er hatte mit der Kollegin noch etwas anderes gemacht. In Anbetracht der prekären Lage verkniff Berger sich aber eine Bemerkung. Stattdessen ging er auf die Stelle zu, an der das Fahrzeug durch die Leitplanke gekracht war. Vor den Augen des Kommissars bot sich ein Bild des Grauens. Das Wrack unten im Tal war völlig ramponiert. Die Männer von der Feuerwehr, die den eingeklemmten Fahrer nur noch tot aus dem Wagen bergen konnten, waren gerade dabei, die Leiche mithilfe einer Seilwinde auf Straßenniveau zu manövrieren. Im selben Moment, in dem der tote Fahrer oben ankam, erreichte auch der herbeigerufene Leichenwagen die Unfallstelle.

„Bringt ihn in die Rechtsmedizin. Der Tote muss auf jeden Fall obduziert werden. Ich will wissen, ob er Alkohol im Blut hat und ob er angeschnallt war“, ordnete Berger an und wandte sich wieder dem Streifenpolizisten zu, der weiß wie eine Wand dastand und nicht zu wissen schien, was er tun sollte. „Sie zeigen mir jetzt, wie ich da runterkomme und dann fahren Sie nach Hause“, wies er den Jungen an.

Der nickte, sichtlich erleichtert über die klare Ansage des Kommissars, eifrig mit dem Kopf und zeigte Berger den Pfad, den auch die Feuerwehrleute genommen hatten. Dann stieg er schnell in den Streifenwagen und fuhr davon. Berger stöhnte, als er den steilen Waldpfad sah. Murrend kletterte er über die Leitplanke und kraxelte vorsichtig nach unten. An der Unfallstelle nahm ihn ein Feuerwehrmann in Empfang und drückte Berger sofort einen Schutzhelm in die Hand.

„Ziehen Sie den lieber mal an.“ Berger nickte und nahm den Kopfschutz entgegen. Berger sah sich das Fahrzeug, oder vielmehr das, was davon noch übrig geblieben war, genauer an. Es war nicht mehr zu erkennen, um welchen Fahrzeugtyp es sich handelte.

„Woher wisst ihr eigentlich, wer der Tote ist?“, fragte Berger einen der Helfer.

„Oh Tschuldigung“, sagte der Feuerwehrmann, griff in seine Jackentasche und holte das Portemonnaie des Unfallopfers hervor. Berger nahm die Brieftasche genau unter die Lupe. Neben einem Personalausweis, der auf dem Namen Sascha Petry ausgestellt war, fand der Kommissar einen Beleg vom Vortag von der Tankstelle in Kastellaun.

Petry hatte für insgesamt 38,45 Euro getankt, 6 Euro für eine Packung *Lucky Strike* und 5,80 Euro für die Waschanlage ausgegeben. Außer einem Zehn-Euro-Schein war das Portemonnaie leer. Kein Foto, keine weiteren Belege. Nichts. Berger nahm einen Asservatenbeutel aus der Tasche und ließ das Portemonnaie darin verschwinden.

„Wollen Sie mit mir hoch, oder brauchen Sie noch lange?" Für die Feuerwehrleute war die Arbeit beendet. Hier gab es nichts mehr zu tun. Das Wrack musste von einem Spezialkran geborgen werden.

„Ich seh mir nur schnell das Auto noch mal an", sagte Berger, der auf den Knien um das Fahrzeug kroch, um die zerquetschte Motorhaube näher zu betrachten. Er hatte einen Verdacht, der sich rasch bestätigte. Auf der mattschwarzen Lackierung fanden sich rote Farbreste. Berger ahnte wovon die Farbe stammte.

„Hei", rief Berger dem Feuerwehrmann noch einmal zu. „Können Sie bitte noch mal hierher leuchten?"

Der Feuerwehrmann kam näher und richtete den Lichtkegel seiner Taschenlampe gezielt auf die Motorhaube des Wagens.

„Sehen Sie doch mal hier. War da vielleicht mal ein Airbrush?", fragte Berger den Fachmann.

„Das sieht durchaus danach aus." Beim genaueren Betrachten schimmerten auf der demolierten Haube die Reste einer roten Flammenzeichnung durch. „Sehr professionell scheint das zwar nicht gemacht worden zu sein, sonst hätte die Farbe den Unfall besser überstanden. Sieht eher so aus, als ob sich hier ein Laie versucht hat", gab der Feuerwehrmann zu bedenken. Trotzdem war die Flammenzeichnung deutlich zu erkennen.

„Ich brauche das Kennzeichen und wenn das Fahrzeug oben ist, müssen die Kollegen von der KTU es eingehend untersuchen."

„Klar, wir geben Bescheid." Der Feuerwehrmann kraxelte vor dem Kommissar her den Abhang hinauf. Als die beiden oben ankamen, wurde es bereits langsam hell.

„Was denken Sie, Unfall oder Selbstmord?", fragte der Feuerwehrmann den Kommissar.

Berger sah sich noch einmal auf der Straße um. „Die kriminaltechnische Untersuchung wird da letztlich Klarheit bringen, aber wenn Sie mich fragen, sieht mir das hier schon sehr nach Selbstmord aus. Der Wagen hat über eine längere Strecke die Bäume am Straßenrand touchiert. Dadurch wurde er mit Sicherheit erst mal ausgebremst, durchbrach dann aber mit hoher Geschwindigkeit die Leitplanke. Also muss der Fahrer noch einmal kräftig Gas gegeben haben. Es könnte natürlich auch sein, dass die Bremsen versagt haben. Aber das wird die Untersuchung zeigen."

Berger wollte sich mit einer Aussage gegenüber dem Feuerwehrmann nicht zu weit aus dem Fenster lehnen, obwohl er sich ziemlich sicher war, dass es sich nicht um einen klassischen Unfall handelte. Sascha Petry war als Lkw-Fahrer in Blattners Speditionsfirma beschäftigt, beziehungsweise neuerdings wohl eher selbstständig für Blattner tätig. Berger vermutete, dass der Unfallwagen das Auto war, nach dem die Polizei seit geraumer Zeit suchte, das aber bisher unauffindbar war. Es war ihm schleierhaft, warum Hansen, der an sich ein fixes Kerlchen war, das Fahrzeug bisher noch nicht ausgemacht hatte. Anhand des amtlichen Kennzeichens sollte sich doch klären lassen, wem das Auto gehörte. Möglicherweise waren Fahrer und Halter nämlich nicht dieselbe Person. Das würde zumindest erklären, warum

Hansen den Wagen bisher nicht auf seiner Fahndungsliste hatte. Berger kramte noch einmal das Portemonnaie hervor. Ob er vorhin die Fahrzeugpapiere übersehen hatte? Er schaute noch einmal nach, konnte aber auch beim zweiten Hinsehen keine Papiere finden.

Vielleicht hatte der Fahrer sie im Wagen deponiert, so wie viele Fahrzeughalter es taten. In dem Fall würden die Kollegen von der KTU sie finden und an seine Dienststelle weiterleiten. Inzwischen war der Kranwagen für die Bergungsarbeiten eingetroffen. Hinter dem Abschleppdienst entdeckte Berger den blauen Beetle von Franka. Er ging auf das Auto zu und gab Franka einen Kuss.

„Na, so schnell sieht man sich wieder."

„Hör mir bloß auf. Da dachte ich auf dem Land ist Friede, Freude, Eierkuchen. War wohl nix", scherzte Franka trotz der tragischen Umstände. „Kannst du mir die nötigen Infos für meinen Bericht liefern? Dann muss ich nachher nicht extra über eure Pressestelle gehen. Du weißt ja, was das immer für ein Krampf ist."

„Klar, kein Problem." Berger setzte sich zu Franka in den Wagen, und während er ihr die wichtigsten Fakten mitteilte, schrieb Franka fleißig mit. Für Unfälle im Straßenverkehr war sie normalerweise nicht zuständig. In der Regel erledigte das ihr Kollege Tom. Paula hatte ihn aber wohl so früh am Morgen nicht erreichen können und deshalb Franka angefunkt. Noch halb verschlafen tippte Franka die Unfallnachricht in den Laptop, während Jan neben ihr auf dem Beifahrersitz hockte und ihr bei der Arbeit zuschaute.

„Schon gefrühstückt?", fragte Berger, als Franka geendet hatte und zuerst auf Speichern dann auf Senden drückte, um den Bericht an die Redaktion zu schicken.

„Nee. Eigentlich frühstücke ich immer erst im Büro. Aber heute früh hat Paula mich mit ihrem Anruf schon so zeitig aus dem Bett geholt und hierher beordert, dass ich nicht mal Zeit für eine Tasse Kaffee hatte."

Berger lachte. „Na dann sollten wir das nachholen. Wie wär's mit einem ausgiebigen Frühstück in der Dorfbäckerei?"

„Gerne." Franka lächelte dem Kommissar zu, der dann in seinen eigenen Wagen stieg und vor ihr über die Landstraße zurück ins Dorf fuhr.

Trudel Hoffmann war über den frühen Besuch in ihrem kleinen Café, das genau gesagt aus zwei Vierertischen bestand, überaus entzückt. „Ach der Herr Kommissar und die Frau Journalistin. So früh schon zusammen unterwegs?" Natürlich wusste die neugierige Trudel längst, dass sich in der Nacht unweit von Dorf ein tragisches Unglück ereignet hatte. Vermutlich wusste sie auch schon, dass Franka und Jan zusammen waren. Aber Trudel wäre nicht Trudel, wenn sie es nicht ganz genau hätte wissen wollen. Sie musste ihrer Kundschaft, die die Brötchen beim Dorfbäcker anstatt im Supermarkt kaufte, schließlich etwas bieten. Viel mehr, als dass es einen Unfall gegeben hatte, verrieten Berger und Franka ihr allerdings nicht. Es würde ohnehin keine Stunde dauern, bis das ganz Dorf darüber informiert war, wem was wo passiert war.

Während Franka sich nach dem gemeinsamen Frühstück auf den Weg nach Hause machte, stand Jan Berger wieder einmal vor der unangenehmen Aufgabe, mit den Angehörigen von Sascha Petry zu sprechen, um sie über den tragischen Unglücksfall zu informieren. Vorher musste er allerdings noch mal im Büro vorbeifahren und nachhören, was Hansen über die familiären Verhältnisse des Toten herausgefunden hatte. Ob er verheiratet war, alleine lebte oder wie auch immer. Für Berger blieb es eine der unangenehmsten Aufgaben in seinem Job, die ihm auch nach jahrelanger Erfahrung immer noch nicht leichtfiel. Vorhin im Café hatte er kurz überlegt, ob er Franka diesmal bitten sollte, ihn zu begleiten. Aber dann hatte er sich spontan anders entschieden. Er wollte Franka da nicht mit hineinziehen. Schließlich war es nicht die Aufgabe der Journalistin, Todesnachrichten zu überbringen. Zudem wusste er auch noch gar nicht, welche Bedingungen bei Petry zu Hause anzutreffen waren.

Als Berger in der Dienststelle ankam, hatte Hansen schon die nötigen Informationen eingeholt. Das verunglückte Fahrzeug war auf eine Halterin namens Jennifer Neuhaus zugelassen. Berger versuchte die Frau telefonisch zu erreichen. Allerdings ohne Erfolg.

„Das ist doch eine Mobilfunknummer. Wo hat die denn das Handy liegen, dass die da nicht rangeht?“

„Keine Ahnung Chef. Vielleicht hat sie es versehentlich stumm geschaltet. Ist mir auch schon passiert.“

Berger grummelte unzufrieden vor sich hin. Er hasste es, Leuten permanent hinterher zu telefonieren.

„Probier du halt mal, Hansen. Ich fahr in der Zeit zu der Meldeadresse des Toten. Vielleicht finde ich da etwas heraus.“

Berger wandte sich schon zum Gehen, als Hansen fragte: „Was genau soll ich der Dame sagen, falls sie sich meldet? Ich kann doch nicht am Telefon damit herausrücken, das sich jemand mit ihrem Wagen totgefahren hat.“

„Natürlich nicht. Sag ihr, dass wir das Fahrzeug abschleppen mussten, weil es falsch geparkt war, und dass sie es bei uns abholen kann. Wenn wir sie dann hier in der Dienststelle haben, können wir in aller Ruhe mit ihr reden.“

„Toller Plan“, staunte Hansen. Auf die Idee wäre er jetzt so schnell nicht gekommen, das musste der junge Kommissar sich eingestehen.

Als sein Chef das Büro verließ, hängte Hansen sich sofort an die Strippe und drückte permanent die Wahlwiederholungstaste. Irgendwann musste Jennifer Neuhaus doch mal auf ihr Handy schauen.

Berger war inzwischen an Petrys Meldeadresse angekommen. Er parkte vor einem freistehenden älteren Haus etwas außerhalb einer kleinen Ortschaft zwischen Mörsdorf und Kastellaun. Das Haus machte auf Berger eher einen unbewohnten Eindruck. Die Rollladen an den Fenstern waren halb heruntergelassen. Aus dem Briefkasten lugten ein paar Werbeblättchen hervor. Allerdings nicht so viele, dass man darauf schließen konnte, dass sich hier wochenlang niemand aufgehalten hatte. Insgesamt machte das Gebäude einen etwas verwahrlosten Eindruck. Berger vermutete, dass es sich um Petrys Elternhaus handelte. Vielleicht lebten die Eltern nicht mehr und der Sohn hatte weder Zeit noch Geld, um sich um den Unterhalt zu kümmern. Aber das war reine Spekulation. Berger wusste nicht einmal, ob Petrys Eltern noch lebten oder nicht. Er konnte sich durchaus täuschen. Allerdings sah es nicht so aus, als hätte der Besitzer das dickste Bankkonto in der Gegend. Petry hatte als Lkw-Fahrer sicher keine Reichtümer anhäufen können.

Berger stieg aus dem Dienstwagen und ging auf das verlassen wirkende Haus zu. An der Haustür drückte er den Klingelknopf. Er rechnete nicht damit, dass ihm jemand öffnete. Wie er ziemlich sicher wusste, lag der Bewohner dieses Hauses nämlich mausetot im Kühlraum der Rechtsmedizin und wurde vermutlich gerade wenig zimperlich mit dem Skalpell bearbeitet.

Trotzdem läutete der Kommissar noch ein zweites Mal, bevor er um das Haus herumging. Auf der Gebäuderückseite gewährte eine Terrassentür dem Besucher Einblick ins Innere. Die Fenster waren offensichtlich schon länger nicht mehr geputzt worden. Aber trotz des Schmutzes konnte Berger in die Küche sehen. Vier altmodische Holzstühle mit einer geblümten Polsterung standen an einem Eichentisch, auf dem sich jede Menge Papiere und Geschirr stapelten. Nichts deutete auf irgendwelche Auffälligkeiten hin. Da offensichtlich niemand zu Hause war, ging Berger davon aus, dass Petry hier allein gelebt hatte. Falls die Fahrzeughalterin seine Lebensabschnittsgefährtin war, schien sie nicht mit ihm zusammenzuwohnen. Da war Berger sich ziemlich sicher. Er wusste aus eigener Erfahrung wie heruntergekommen seine Wohnung anfangs aussah, kurz, nachdem Annabel ihn verlassen hatte. Inzwischen war er trotz langer Bürozeiten selbst zu einem routinierten Hausmann geworden. Er kochte leidenschaftlich gerne, wusch und bügelte selbst. Nur zum Putzen leistet er sich einmal pro Woche eine Hilfe. Er war stolz darauf, Haushalt und Beruf so gut unter einen Hut gebracht zu haben, und war bemüht Ben ein gemütliches Heim zu bieten, genauso wie er es von seiner Mutter gewöhnt war.

Bei seiner Ankunft war Berger neben dem Haus ein Unterstand aufgefallen. Ein einfacher Holzverschlag, der möglicherweise als Abstellplatz für ein Fahrzeug diente. Berger sah sich genauer um und bemerkte bei näherem Hinsehen einen Ölfleck auf dem Lehmboden. Bis vor Kurzem musste hier tatsächlich ein Auto gestanden haben. Ob es das Unfallfahrzeug war, ließ sich leicht feststellen. Jan packte eine

Bodenprobe in einen Klarsichtbeutel, von denen er immer ein paar in der Jackentasche hatte. Er würde die Probe später im hauseigenen Labor untersuchen lassen.

Auf dem Weg zurück zur Dienststelle kam Berger ins Grübeln. Warum hatte Petry der Polizei verheimlicht, dass er das Fahrzeug mit der Flammenzeichnung kannte. Warum hatte er nicht zugegeben, dass das Auto am Tatabend auf dem Firmengelände stand? Hatte er etwas mit dem Mord an Blattner zu tun? Und wenn, war der Unfall dann kein Unfall, sondern doch ein Selbstmord. Jan verspürte ein ungutes Gefühl in der Magengegend. Ein Gefühl, das ihn bisher nur selten getäuscht hatte. Wenn Petry absichtlich mit hoher Geschwindigkeit den Hang heruntergestürzt war, konnte das ebenso gut ein Schuldeingeständnis sein. Sein Bauchgefühl in allen Ehren, aber diesmal schwang in Bergers Gemüt noch etwas anderes mit. Er wusste noch nicht genau, was es war, aber der Kommissar hatte das untrügliche Gefühl, dass Petry, den er ja eigentlich gar nicht kannte, nicht dazu fähig war, zwei Morde zu begehen. Das passte für Berger nicht in das Bild eines einfach gestrickten Lkw-Fahrers. Zuerst den Chef ermorden und dann sich selbst?

Es ist eine Möglichkeit von vielen, die ich nicht aus dem Auge lassen darf, sagte Berger halblaut zu sich selbst, als er den Dienstwagen in der Hofeinfahrt der Polizeiinspektion in Simmern abstellte und auf den Eingang zuging.

Der Kommissar war noch ganz in Gedanken versunken. Vielleicht überraschte es ihn deshalb so, an Hansens Schreibtisch eine auffallend aufgebrezelte Blondine zu sehen, die gelangweilt auf einem Kaugummi herumkaute und dabei ihre Gel modellierten Fingernägel betrachtete.

Jennifer Neuhaus fiel aus allen Wolken, als Berger ihr mitteilte, was passiert war. Sie hatte Petry, mit dem sie eher locker befreundet war, wie sie betonte, ihr Auto überlassen, während sie selbst auf Malle ein bisschen Party gemacht hatte.

„Der Typ hat mir leid getan, Alter“, rechtfertigte Jennifer sich.

„Und da haben Sie ihm mal eben so Ihr Auto geliehen?“, hakte Berger nach.

„Na und, Mann. Der Sascha und ich wir hatten mal was miteinander. Ich hab ihn dann wegen einem Typen auf Malle sitzen lassen. Und jetzt wo der Sascha so in Geldnot war, da hat er zu mir gesacht, er hätt ja noch was gut bei mir.“

„So, so.” Berger sah Jennifer mit strengem Blick an, um sie ein bisschen zu verunsichern. Falls sie log, würde sie schnell einknicken. Aber im Grunde glaubte er der jungen Frau. „Und weiter?“

„Ja und da hab ich mir gedacht, ist doch auch egal, ob die Karre jetzt hier rumsteht oder ob der Sascha damit zur Arbeit fährt. Der hat mich dann auch zum Flugplatz gebracht und eigentlich sollte er mich auch heute wieder abholen. Ich war echt sauer, als ich da mutterseelenallein auf dem Hahn stand und kein Sascha weit und breit zu sehen war. Ich hab mir dann en Taxi geholt. Die Rechnung wollt ich dem Sascha eigentlich präsentieren. Na ja. Die arme Sau hätt mir die Kohle eh nicht wiedergeben können.“

„Na, wenn das Ihre einzigen Sorgen sind.“

„Ne Mann. Ich habe den Sascha echt gemocht. War ’n feiner Kerl. Der hat irgendwie immer Pech gehabt. Auch mit den Frauen. Jetzt hatte er endlich wieder ’nen Job, dann zahlt der Chef da nix. Das ist doch auch schei…“

„Ja“, fiel Berger der Blondine schnell ins Wort.

„Und das mit der Bezahlerei, das hat der Sascha Ihnen erzählt?“

„Klar. Wir waren ja ziemlich dicke. Hab ich doch gesagt."

„Und was hat er noch so erzählt?"

„Keine Ahnung. Nix weiter. Vielleicht weiß der Rudi da mehr. Die beiden sind ja immer zusammen auf einem Bock gefahren. Da erzählt man sich viel, wenn der Tag lang ist. Am besten fragen Sie den mal."

„Rudi. Und weiter?"

„Weiß ich nicht. Rudi eben. Das werden die in der Firma doch wohl wissen."

„In Ordnung." Der Kommissar war sich sicher, dass Jenny alles gesagt hatte, was sie wusste. Er ließ sich das Protokoll unterschreiben und schickte die Frau nach Hause.

„Was is'n jetzt mit meinem Wagen?"

„Sorry, der ist Schrott."

„Und woher krieg ich so schnell 'en Neuen?"

Der Kommissar und Hansen zuckten gleichzeitig die Schultern.

„Mann, da war 'ne super Flammenzeichnung drauf. Die hat mich 'en Haufen Asche gekostet. So ein Mist", fluchte Jenny. Als die Blondine endlich durch die Tür nach draußen gestöckelt war, atmete Berger erleichtert auf. Er zog die Bodenprobe aus seiner Jackentasche und ließ sie in den Mülleimer unter seinem Schreibtisch fallen. Hansen warf ihm einen fragenden Blick zu.

Berger schüttelte nur abweisend den Kopf. „Hat sich erledigt", murmelte er, ohne weitere Erklärungen abzugeben, stattdessen beauftragte er Hansen, sich noch einmal um die Mitarbeiter der Spedition zu kümmern. „Finde heraus, wer dieser Rudi ist und ob er etwas weiß. Notfalls kannst du ihn auch vorladen, damit wir ihm hier gemeinsam auf den Zahn fühlen können."

Hansen sah auf die Uhr. „Am besten mache ich mich gleich auf den Weg. Was erledigt ist, ist erledigt." Nach kurzem Überlegen fügte er hinzu. „Außerdem will ich Jennifer Neuhaus keine Gelegenheit geben den Mann zu informieren. Wer weiß, vielleicht kennt sie ihn doch besser, als sie uns gegenüber zugegeben hat."

Dank der Mitarbeiterliste, die die schöne Moni an ihrem letzten Arbeitstag in der Spedition extra noch schnell für Hansen ausgedruckt hatte, wusste der Polizist, dass es sich bei Petrys Kollegen um Rudi Wendling handelte. Wohnhaft in Kastellaun, Schillerstraße 298, verheiratet, ein Sohn. Seit zehn Jahren als Fahrer bei Blattner beschäftigt. So weit, so gut. Informationen zu beschaffen gehörte zu Hansens leichtesten Übungen. Etwas schwieriger wurde es für ihn allerdings, wenn er eine Befragung durchführen sollte, bei der er ganz allein auf sich gestellt war. Irgendwie fielen Hansen nie die richtigen Fragen ein. Das war nicht nur im Berufsleben so, sondern auch wenn er privat unterwegs war. Gut, da hatte er natürlich immer seine Ulla an der Seite, die ihm aus der Patsche half. Wenn Ulla dabei war, wusste Hansen ganz genau, dass er sich gar keine Fragen überlegen musste, weil seine Freundin diesen Part nur allzu beherzt übernahm.

Aber jetzt stand er mit dem Streifenwagen vor Wendlings Haus und grübelte, wie er am besten vorgehen sollte. Just in dem Moment wurde die Haustür geöffnet und ein großer stämmiger Typ erschien neben Hansens Wagen.

„Gibt's Probleme, Meister?" Den Tonfall des Lkw-Fahrers hätte der Polizeibeamte, wenn man ihn gefragt hätte, doch schon als einschüchternd bezeichnet. Aber so schnell ließ er sich nicht einschüchtern.

„Sind Sie Rudi Wendling?“, fragte er mit fester Stimme und gespieltem Selbstbewusstsein.

„Wer will das wissen?“, gab Wendling barsch zur Antwort.

„Ich“, antwortete Hansen kühn und war mächtig stolz über sein Auftreten. Er bestellte den verdutzten Fahrer für den kommenden Vormittag ins Präsidium. Für die Zeugenbefragung war es ihm doch lieber, wenn sein Chef in der Nähe war.

Hansen wendete den Streifenwagen, ließ die Reifen durchdrehen und fuhr zügig zurück zur Dienststelle nach Simmern.

Neunzehn

„Also noch mal, Herr Wendling, Sie und Ihr Kollege Sascha hatten also Streit mit Ihrem Chef. Um was ging es denn da?“ Berger war kurz vorm Verzweifeln. Der Lkw-Fahrer entpuppte sich als ganz schön harter Knochen. Wenn er aus dem etwas herausbekommen wollte, musste er wohl seine Strategie ändern.

„Hab ich doch schon gesagt“, raunzte Wendling den Kommissar an. Der Mann war sichtlich genervt.

Ob er etwas zu verbergen hatte, konnte Berger noch nicht genau sagen. Deshalb nahm er ihn weiter in die Mangel. „Dann sagen Sie es doch bitte noch einmal.“

Wendling stöhnte laut, fing dann aber doch an, zu reden: „Der Blattner hat uns entlassen, weil er den Mindestlohn nicht hat zahlen wollen. Wir, also die Fahrer, sollten dann auf selbstständiger Basis weiter für ihn tätig sein. Also ohne Anspruch auf Urlaub oder Krankengeld und so. Verstehste? Das wollten wir uns natürlich nicht gefallen lassen.“

„Wer wir?“, hakte Berger nach.

„Gepasst hat das keinem von uns. Aber die andern Fahrer waren zu feige. Außer dem Sascha und mir hat sich keiner getraut den Mund aufzumachen."

„Sie haben Ihren Chef dann am Tatabend zum Parkplatz bestellt, um ihn zur Rede zu stellen, stimmt das?"

„Ja. So war's. Aber wir wollten wirklich nur mit ihm reden und ihm vielleicht ein bisschen Angst einjagen. Ihm 'ne kleine Abreibung verpassen oder so. Aber wir wollten ihn nicht umbringen. Ehrlich, Herr Kommissar, das müssen Sie mir glauben." Langsam schien Wendling zu realisieren, in welcher Lage er sich befand. Er wurde deutlich zahmer als zu Beginn der Befragung. Berger witterte seine Chance, um dem Mann Informationen zu entlocken.

„Was genau ist auf dem Parkplatz passiert?"

„Zuerst haben wir nur geredet. Aber als der Chef gesagt hat, dass es ihm egal wäre, wenn wir gehen und es für ihn kein Problem wäre Ersatz für uns zu finden, da ist der Sascha ausgerastet und wollte dem Chef an die Gurgel. Ich bin dann dazwischen. Es kam zum Handgemenge und dabei ist der Chef dann zu Boden gestürzt. Er ist dann auch nicht mehr aufgestanden und hat so komisch die Augen verdreht. Ich hab ihm noch meine Hand hingestreckt, um ihm wieder auf die Beine zu helfen. Aber er hat sich nicht mehr gerührt. Und als wir gesehen haben, dass er am Kopf blutet, haben wir gedacht, er ist tot."

Berger war gewillt, dem Fahrer zu glauben. Die Aussagen, die er machte, hörten sich für den Kommissar schlüssig an. Aber er wollte die ganze Wahrheit hören. „Und wie ging es weiter?", fragte er in ruhigem Ton. Berger hatte es nicht mehr nötig, seine Position deutlich zu machen. Offensichtlich hatte die Strenge, die er an den Tag gelegt hatte, ihre Wirkung gezeigt. Wendling redete wie ein Wasserfall.

„Der Sascha ist ausgeflippt, als der Chef am Boden lag und sich nicht mehr rührte. Es hat 'ne ganze Weile gedauert, bis ich den wieder in der Spur hatte. Dann haben wir den Blattner in mein Auto bugsiert und zur Brücke gefahren. Ich wusste ja, dass es Stress mit den Tierschützern gegeben hatte, wegen dieser Fledermaus. Deshalb haben wir ihn so dahin drapiert, als sollte das ein Zeichen sein. Sie sollten glauben, die Umweltleute wären das gewesen."

„Hannes Blattner war aber gar nicht tot, als ihr ihn auf der Brücke abgelegt habt. Er wurde erst dort erschlagen."

Wendling war sichtlich erschrocken. Das hatte er nicht gewusst. Er war kein guter Schauspieler, seine ohnehin schon aschfahle Gesichtsfarbe wurde zusehends bleicher. Nach seiner Reaktion zu urteilen, war die Information wirklich neu für ihn.

„Das waren wir nicht", stammelte er und warf dem Kommissar einen flehenden Blick zu.

Obwohl Berger wusste, dass er die Wahrheit sagte, ließ er sein Gegenüber das nicht spüren. Wendling sollte ihm alles erzählen, was er wusste. Ungerührt fuhr der Kommissar mit der Vernehmung fort. „Herr Wendling, ist Ihnen irgendetwas Verdächtigtes aufgefallen, als Sie bei der Brücke waren?"

„Mir? Nee, eigentlich nicht. Es war doch dunkel." Der Fahrer überlegte angestrengt. Er war dazu bereit, alles preiszugeben, was seine Haut retten konnte. In diesem Moment wirkte der breitschultrige Muskelprotz wie ein Schuljunge, der beim Rauchen erwischt worden war.

„Aber der Sascha hat angeblich den Wagen vom Blattner an der Brücke gesehen. Seitdem war der total von der Rolle. Der hat Gespenster gesehen und nur noch wirres Zeug gefaselt. Vor ein paar Tagen erst hat er mir erzählt, dass er von einem schwarzen Auto, angeblich einem Pickup, verfolgt wird. Ich hab gedacht, der spinnt. Wirklich Herr Kommissar, der Sascha ist deshalb total durchgedreht. Mich wundert es ehrlich gesagt nicht, dass er in den Tod gerast ist, so wie der drauf war." Wendling war mit seinen Nerven am Ende. Er hätte seine Großmutter ans Messer geliefert, um aus der Sache heil herauszukommen. Berger griff Wendlings Gedanken auf.

„Sie glauben es war Selbstmord?"

„War es nicht?"

„Könnten Sie sich vielleicht vorstellen, dass Sascha Petry gar nicht freiwillig in den Graben fuhr, sondern in den Tod getrieben wurde?"

Rudi Wendling starrte den Kommissar mit weit aufgerissenen Augen an. Der Gedanke schien ihm völlig abwegig zu sein.

„Und wer sollte so was tun?

„Der Mörder", gab Berger einsilbig zur Antwort.

Zwanzig

Nach einem fast romantischen Frühstück mit Jan in der Dorfbäckerei stand Franka der Sinn ganz und gar nicht mehr danach, im Stadtarchiv oder alten Kirchenbüchern nach Zeitzeugen zu suchen, um in Sachen Kinderheim zu recherchieren. Der Gedanke, den Rest des Tages in einem muffigen Archiv zu verbringen, war alles andere als verlockend. Sie überlegte, was sie stattdessen noch im Köcher hatte, wie man in Redaktionskreisen zu sagen pflegte. Ihr fiel die Reportage über die Wanderwege rund um die Hängeseilbrücke wieder ein. Für eine Wanderung konnte sie sich durchaus begeistern. Der Tag schien Franka dafür mehr als geeignet. Sie griff zum Hörer und wählte die Nummer der Redaktion. „*Rhein-Zeitung* Simmern. Paula Linden", meldete sich ihre Chefin schon beim ersten Klingeln.

„Hallo, hier spricht Franka."

„Franka? Gut, dass du dich meldest. Dein Unfallbericht ist bereits verarbeitet. Sehr informativ, übrigens. Was hast du sonst noch auf dem Plan?"

„Deshalb rufe ich an. Ich dachte mir, ich könnte bei dem guten Wetter die Gelegenheit nutzen und mir die Wanderwege rund um die Hängeseilbrücke einmal anschauen. Wenn ich ein paar schöne Fotos machen kann, wäre das doch was für die Wochenendausgabe, oder?

„Prima Sache. Mach das so. Lokalthema für Samstag?"

„Yes."

„Na dann viel Spaß beim Wandern."

„Vielen Dank, werde ich sicher haben."

„Also dann sehen wir uns morgen."

Franka verabschiedete sich von Paula und legte den Hörer zufrieden zurück auf die Ladestation. Sie freute sich auf die Wanderung. Eine gute Gelegenheit endlich ihre neuen Wanderschuhe auszuprobieren, die sie sich extra für ihr Leben im Hunsrück zugelegt hatte. Auf der Wanderkarte, die sie sich vor ein paar Tagen bei Trudel in der Bäckerei gekauft hatte, hatte sie sich schon einen schönen Rundweg ausgesucht. Die Strecke an der alten Kläranlage vorbei durch den Wald nach Sosberg und über die Brücke zurück war Franka auf Anhieb sympathisch und schien mit einer Länge von sechs Kilometern durchaus geeignet. Der Rundweg hatte außerdem den Vorteil, dass Franka nicht auf ihr Auto angewiesen war und gleich von zu Hause aus losmarschieren konnte.

Obwohl sie mit Jan wirklich ausgiebig gefrühstückt hatte, kontrollierte Franka ihren Kühlschrank noch mal auf Essbares. Leider fristete nur eine schrumpelige Tomate ihr einsames Dasein. Wie immer hatte Franka vergessen, etwas Vernünftiges einzukaufen. Bevor sie losging, würde sie besser noch mal in der Bäckerei vorbeischauen, um sich einen kleinen Imbiss als Wegzehrung mitzunehmen.

Sie hielt nach dem Kater Ausschau, aber wie meistens war Rubens unterwegs. Der Kater war fast immer draußen, nur sein Geschäft verrichtete er am liebsten drinnen auf dem Katzenklo. Ein entsprechend beißender Geruch stieg Franka in die Nase. Das Ding musste dringen sauber gemacht werden. Was eignete sich dafür besser als der *Wochenanzeiger*, den Franka vorhin aus dem Briefkasten gefischt hatte? Schnell blätterte sie durch die Seiten und blieb am Fettgedruckten hängen. Unfallflucht: Fahrzeug gesucht, lautete die Überschrift. Franka überflog die Zeilen. Am vergangenen Sonntag war wohl ein junger Fahrer mit seinem Pkw im Straßengraben gelandet, als er von einem schwarzen Pickup, der vermutlich mit überhöhter Geschwindigkeit unterwegs war, von der Straße gedrängt wurde. Der junge Mann war erst seit Kurzem Besitzer eines Führerscheins und stand wegen des Unfalls noch unter Schock. Man suchte nach Augenzeugen, denen das Fahrzeug aufgefallen war oder die den Unfall beobachtet haben.

Ob es sich um den gleichen Pickup handelte, der auch sie von der Straße gedrängt hatte? Dann wäre Frankas Vermutung, der Fahrer habe es auf sie persönlich abgesehen falsch gewesen. Wahrscheinlich also doch nur ein Idiot, der andere Fahrer tyrannisierte. Franka faltete die Zeitung zusammen und ließ sie achtlos neben die Katzentoilette fallen. Das Klo konnte sie auch später noch sauber machen.

Sie zog ihre neuen Wanderschuhe an und packte eine Flasche Wasser in den kleinen braunen *Reisenthel*-Rucksack, der sie schon seit vielen Jahren auf allen möglichen

Ausflügen im In- und Ausland begleitete. Einmal hätte sie den Rucksack beinahe in einem New Yorker Taxi vergessen. Sie war schon aus dem Wagen ausgestiegen, um ihr Gepäck aus dem Kofferraum zu holen und hatte den indischen Fahrer bereits bezahlt, als ihr gerade noch rechtzeitig einfiel, dass sie den Rucksack auf dem Rücksitz abgestellt hatte. Im letzten Moment konnte Franka die Tasche aus dem Fahrzeug nehmen, bevor der Motor aufheulte und der Inder davonraste. Sekunden später war das Fahrzeug nicht mehr von den zig anderen gelben Taxen im Straßenverkehr zu unterscheiden.

Es wäre wirklich schade gewesen, wenn sie den Rucksack nicht mehr hätte. Franka strich liebevoll über das glatte Leder der Tasche und machte sich endlich auf den Weg. Bevor sie das Haus verließ, füllte sie noch die Futternäpfe für Rubens auf, damit der Kater, wenn er von der Pirsch nach Hause kam, etwas zu fressen vorfand. Dank der Katzenklappe, die Franka mit Leos Hilfe kürzlich an der Hintertür installiert hatte, konnte Rubens jetzt kommen und gehen, wann er wollte. Das war praktisch.

Gut gerüstet mit Multifunktionsjacke, Strickmütze und den neuen Wanderschuhen marschierte Franka los. Die Fototasche hatte sie zu Hause gelassen. Ihre *Canon D 1110* baumelte an ihrem Hals, damit Franka die Kamera schnell griffbereit hatte, sobald sich ein geeignetes Motiv bot.

Für einen gewöhnlichen Dienstag war auf der Hauptstraße ganz schön was los. Die Fahrzeuge reihten sich dicht aneinander, um zum Parkplatz in der Dorfmitte zu gelangen. Franka kannte diese Situation sonst nur aus Köln. Auf dem Land war ein so hohes Verkehrsaufkommen eher ungewöhnlich. Nur in Cochem an der Mosel war von Mai bis Oktober genauso viel Betrieb. Vermutlich hatte das schöne Herbstwetter die Leute von der Mosel in den Hunsrück gelockt.

Vor der Bäckerei traf Franka auf den Bürgermeister.

„Na auch unter die Wanderer gegangen?“, fragte er mit einem verschämten Blick auf ihre brandneuen Wanderschuhe.

„Na klar. Ich muss doch wissen, mit welcher Attraktion ich hier lebe. Ich werde mal die Wanderwege rund um die Hängeseilbrücke erkunden, um später darüber zu berichten“, antwortete Franka.

„Na dann wünsche ich viel Spaß. Und schreiben Sie was Positives.” Martin Friedhoff lächelte zufrieden und setzte seinen Rundgang durch das Dorf fort. Die Hängeseilbrücke war unverkennbar sein Baby. Vermutlich sah Friedhoff sich nach Blattners Tod erst recht in der Pflicht, sich darum zu kümmern.

Das Glöckchen erklang, als Franka die Bäckerei betrat. Eine Gruppe Wanderer verließ gerade das Café. Franka hörte noch, wie eine Frau ihren Begleitern in den höchsten Tönen von dem wahnsinnigen Erlebnis der Brückenüberquerung vorschwärmte. Offenbar hatten die anderen ein gemütliches Kaffeekränzchen einer Wanderung in schwindelnder Höhe vorgezogen. Die Wandererin prahlte gegenüber ihren Begleitern mit der Tour. Hätte Franka es nicht besser gewusst, hätte sie gedacht die Frau hätte soeben den Mount Everest bezwungen.

Trudel strahlte, als Franka bereits zum zweiten Mal an diesem Tag ihre Kundin war. Die Geschäfte schienen gut zu laufen. Trudel war ins Schwitzen gekommen. Sie hatte ihre Bluse an den Ärmeln hochgekrempelt, so dass man ihre kräftigen Unterarme sehen konnte.

„Was vergessen?“, fragte sie freundlich.

„Nein, nein. Ich wollte das gute Wetter für eine kleine Rundwanderung nutzen, habe aber festgestellt, dass mein Kühlschrank mal wieder leer ist. Bevor ich verhungere, nehme ich lieber ein belegtes Brötchen und vielleicht noch eine Apfeltasche mit."

„Oh, tut mir leid. Die letzte Apfeltasche habe ich eben verkauft. Aber ein Brötchen kann ich schnell noch belegen. Was möchten Sie denn drauf haben?"

„Käse, bitte."

Während Trudel in der Küche verschwand, um den Imbiss zuzubereiten, beobachtete Franka die Touristen auf der Straße. Es waren erstaunlich viele junge Leute unterwegs, die nach einer anstrengenden Tour nach einer Möglichkeit zur Einkehr suchten. Bürgermeister Friedhoff patrouillierte immer noch auf der Hauptstraße und gab gerne Tipps und Ratschläge, wo man gut essen und trinken konnte. Als er zum wiederholten Mal am Schaufenster der Bäckerei vorbeikam, winkt er Franka freundlich zu.

Ein älteres Ehepaar diskutierte offensichtlich darüber, wo eingekehrt werden sollte. Durch die dicke Schaufensterscheibe konnte Franka die Worte nicht verstehen die gewechselt wurden. Aber Gestik und Mimik der beiden sprach Bände. Während die Frau mit wilden Gesten in Richtung Café wies, erweckte der Mann eher den Eindruck, als bevorzuge er einen Besuch in der Dorfkneipe. Auf jeden Fall ließ er seine Frau einfach stehen und ging schnurstracks auf das Wirtshaus zu. Leider konnte Franka nicht sehen, wie der Streit endete. Im entscheidenden Moment kam Trudel mit dem Brötchen aus der Küche.

„So bitte sehr. Einmal Käsebrötchen mit Salat und Tomate. Dann wünsche ich viel Spaß beim Wandern."

„Waren Sie auch schon auf der Brücke?“, wollte Franka von der Bäckersfrau wissen.

Trudel schaute Franka entsetzt an. „Ich? Oh naaa.“ Gab sie erschrocken zur Antwort. „Ich hab doch Höhenangst. Da kriegen mich keine zehn Pferde drüber“, gestand sie. „Das überlasse ich mal den andern.” Bevor Trudel ihre Ausführungen noch ausschmücken konnte, kündigte das Glöckchen neue Kundschaft an und die geschäftstüchtige Bäckersfrau wandte sich von Franka ab.

Franka verabschiedete sich und marschierte los. An der Kläranlage vorbei führte ein schmaler Pfad, der vom Regen der vergangenen Tage noch ziemlich matschig war. Frankas neue Schuhe waren nach den ersten Schritten schon voller Schmutz. Der Weg führte in kleinen Serpentinen talabwärts. Buntes Herbstlaub bedeckte den Boden. Franka liebte das Rascheln der Blätter unter ihren Füßen. Die Unberührtheit der Landschaft ließ sie ins Schwärmen geraten und sie vergaß, dass sie sich eigentlich am Ende der Welt befand, wo die Erledigung alltäglicher Dinge eine zeitliche Herausforderung darstellte. Auf dem Land zu leben, war eben nix für Weicheier. Die Worte ihrer Freundin Jutta kamen ihr in den Sinn, als sie das erste Mal mit ihr im Hunsrück war.

Franka würde der Freundin später ein Foto per *WhatsApp* schicken. Sie suchte nach ihrem Handy. In der Hosentasche war es nicht, vermutlich hatte sie es vorhin in den Rucksack gesteckt. Dann würde sie das Foto für Jutta eben später machen.

Franka ging weiter und genoss die herbstlich warmen Strahlen, die durch die bunten Blätter der Laubbäume blitzten. Die Sonne stand schon ziemlich tief. Ein Blick auf ihre Armbanduhr zeigte, es war kurz nach drei. Vor Einbruch der Dunkelheit würde sie längst wieder im Dorf sein. Bei dem

Tempo, das die Journalistin normalerweise an den Tag legte, müsste sie den Rundweg in einer Stunde geschafft haben.

Auf dem Wanderweg war außer ihr niemand unterwegs. Der aufgewühlte Boden war für Franka allerdings ein Indiz dafür, dass vor Kurzem noch eine Menge Wanderer auf der Strecke unterwegs gewesen sein mussten. Die Kombination aus feuchten Laub und matschiger Erde machte aus dem Pfad teilweise eine gefährlich glatte Rutschbahn. Vorsichtig setzte sie ihre Füße auf, damit die neuen Schuhe nicht komplett im Matsch versanken.

Als sie am Bach ankam, der die Grenze zwischen den beiden Brückendörfern darstellt, war die Sonne schon hinter dem Hügel verschwunden. Obwohl es noch nicht spät sein konnte, hatte Franka das Gefühl, dass es gleich dunkel würde. Sie überprüfte noch einmal die Uhrzeit: Kurz nach drei. Sie stutzte. War es nicht eben erst kurz nach drei gewesen, als sie auf die Uhr geschaut hatte? Franka konzentrierte sich auf den Sekundenzeiger ihrer Armbanduhr. Der stand auf der Neun und bewegte sich von dort auch keinen Millimeter weg. Ihre Uhr war stehen geblieben. Franka hatte keinen blassen Schimmer, wie spät es tatsächlich war. Sie nahm den Rucksack vom Rücken und suchte in den Innenfächern nach ihrem Handy. Leider ohne Erfolg. Hatte sie es überhaupt mitgenommen? Franka dachte scharf nach, wann sie das Mobiltelefon zuletzt benutzt hatte. Sie hatte es zu Hause auf den Küchentisch gelegt, als sie das Anzeigenblatt durchgesehen hatte. Vermutlich lag es noch immer dort. Na prima, dann musste sie wohl im wahrsten Sinne des Wortes im Dunkeln tappen.

Der Weg zur Brücke und zurück ins Dorf war gut ausgeschildert. Franka hatte keine Angst sich zu verlaufen. Auch nicht in der Dämmerung. Sie musste sich nur entscheiden, ob sie weitergehen oder umkehren und den gleichen Weg zurück nehmen sollte? Ein Blick auf ihre Wanderkarte bestärkte sie in ihrem Entschluss, den Weg bis zum Ende weiterzugehen. Da sie sich ohnehin ziemlich genau in der Mitte befand, war es schnuppe.

In der Hoffnung, dass sich die Festigkeit des Untergrunds nicht verschlechterte, machte sie sich auf. Vielleicht war der Weg auf der anderen Seite des Tals ja besser befestigt.

Franka überquerte den Bach über einen schmalen Holzsteg und folgte dem Lauf des Wassers, bis sie zu einer Gabelung gelangte. Für einen kurzen Moment hielt sie inne, um zu überlegen, ob es nach rechts oder links weiterging, als ein Rascheln im Gehölz sie zusammenfahren ließ. Franka sah sich um. Ihr Herz klopfte. Aber sie konnte nichts Verdächtiges entdecken. Sie hielt die Luft an und lauschte in die Stille. Vermutlich hatte sich irgendein Kleintier vor ihr im Unterholz verstecken wollen. Ein ungutes Gefühl beschlich sie.

Franka kam die Verfolgungsjagd vom vorigen Sonntag wieder in den Sinn. Irgendwie war es ihr gelungen, die Sache zu verdrängen. Aber so ganz allein im Wald fühlte sie sich unwohl. Angst beschlich sie. Außerdem wurde es zusehends dunkler. Spontan entschied Franka sich, eine Abkürzung zu nehmen. Glaubte sie der Beschilderung, führte der Weg über die N2, direkt zum Brückenkopf auf der Sosberger Seite. Franka legte einen Zahn zu, um möglichst schnell anzukommen. Der steile Anstieg machte ihr einige Schwierigkeiten, das Bergablaufen war ihr deutlich leichter gefallen. Trotzdem behielt Franka ihren Schritt bei. Sie wurde das Gefühl nicht los, dass sie verfolgt wurde. Ihr Herz fing an schneller, zu schlagen und sie war ziemlich außer Atem, als sie die Hälfte des Anstiegs geschafft hatte.

Sie hätte gerne eine Pause gemacht, aber ihre Angst wurde immer größer. Warum hatte sie Jan bloß nichts von dem schwarzen Pickup erzählt, der sie bis zum Tierpark und wieder zurück verfolgt und bedrängt hatte? Franka ärgerte sich über ihre Unbedarftheit. Leider zu spät. Im Halbdunkel und ohne weiterhin auf die Beschilderung zu achten, hechtete sie weiter. Das Brückenende müsste längst in Sichtweite sein. Ob sie sich möglicherweise doch verlaufen hatte? Franka wurde nervös. Während sie weiterlief, schaute sie mal nach rechts, mal nach links. Bald glaubte Franka einen Schatten neben sich am Waldrand zu sehen, traute sich aber nicht, genauer hinzuschauen. Im Laufschritt setzte sie ihren Weg fort. Immer geradeaus. Geradeaus ist nie verkehrt, flüsterte ihre innere Stimme ihr zu. Sie müsste doch endlich auf der Straße ankommen. Doch plötzlich stand Franka vor einem mannshohen Zaun, der quer über den Weg gespannt war und sie am Weitergehen hinderte. So ein Mist, fluchte sie laut. Sollte sie über den Zaun klettern oder umkehren? Doch bevor Franka sich entscheiden konnte, spürte sie einen dumpfen Schlag auf dem Hinterkopf. Ihr wurde schwarz vor Augen, sie sackte auf dem feuchten Waldboden zusammen und verlor das Bewusstsein.

Einundzwanzig

Wieder einmal war es der schrille Klingelton seines Handys, der Berger aus seinen Gedanken riss. Dabei war er gerade im Begriff, sich seine ganz eigene Version des Mordfalls zusammenzubasteln. Gedanklich war er kurz davor, das letzte Puzzleteilchen, das ihm in der Realität noch fehlte, zu einem Gesamtbild zusammenzusetzen und den Fall aufzulösen, als das Klingeln des Telefons alles zunichtemachte. Mürrisch blickte Berger zuerst zu Hansen, der am Schreibtisch gegenüber saß und in Anbetracht eines riesigen Stapels Papier zu verzweifeln drohte. Dann wanderte sein Blick auf das Display, das den Anrufer leider nicht identifizieren konnte. Deshalb meldete der Kommissar sich ganz offiziell mit seinem vollständigen Namen und der Dienststelle. Aber außer einem lauten Rauschen und Knacken war am anderen Ende der Leitung erst einmal gar nichts zu hören.

„Hallo“, rief Berger in die Sprechmuschel. Wieder nur Rauschen. Gerade als der Kommissar auflegen wollte, erklang eine verstellte männliche Stimme: „Blattner hat die Firma betrogen und Geld unterschlagen. Er wollte mit der schönen Moni durchbrennen.“

„Hallo, wer spricht denn da?“, rief Berger dazwischen. Er gab Hansen ein Zeichen und stellte den Lautsprecher an, damit sein Kollege mithören konnte.

„Finden Sie das Geld und Sie wissen, dass ich recht habe“, raunte die Stimme. Dann rauschte und knackte es wieder.

„Wer sind Sie?“, fragte Berger noch einmal. Keine Antwort. Kein Rauschen. Kein Knacken. Nichts. Das Gespräch war unterbrochen. Der Teilnehmer am andern Ende hatte aufgelegt.

Berger schaute zu Hansen herüber. Der sah seinen Chef fragend an: „Wer war das?“

„Wüsste ich auch gerne. Das Gespräch war anonym. Jemand behauptet Blattner habe Geld unterschlagen.“

„Der Sache sollten wir nachgehen, Chef.”

„Genau das werden wir jetzt auch tun, Hansen. Wir wollten der Witwe doch ohnehin noch einmal auf den Zahn fühlen.“

„Dazu haben wir sogar einen Grund." Hansen sprach in Rätseln. „Das Analyseergebnis der Pflanzen, die Sie im Kompost der Villa gefunden haben, ist da."

„Und?"

„Es handelt sich tatsächlich um Herbstzeitlose. Mögen Sie Bärlauch, Chef?"

„Geht so. Aber was haben meine Lebensmittelvorlieben jetzt damit zu tun?"

„Blattner war ein Fan von Bärlauch. Er hat ihn in jeder Form zu sich genommen. Bärlauchbutter, Bärlauchsuppe, Bärlauchaufstrich und so weiter, heißt es jedenfalls im Dorf."

„Hansen. Was soll das?" Bergers Ton wurde ungemütlich und Hansen beeilte sich zu sagen: „Schon gut Chef. Also, laut den Obduktionsergebnissen wurden im Magen von dem Toten Reste von Herbstzeitlosen gefunden. Fein püriert. Vermutlich hat er die giftige Pflanze, die übrigens genau so aussieht wie Bärlauch, in Form von Suppe zu sich genommen." Hansen machte eine bedeutungsvolle Pause. Aber anstatt außer sich zu geraten, dass der Kollege nicht weiterredete, fiel auch bei Berger endlich der Groschen.

„Ach so, du meinst ...? Na, dann lass uns, der guten Frau Blattner doch einmal einen Besuch abstatten."

Fast gleichzeitig erhoben die beiden Polizisten sich von ihren Bürostühlen. Im selben Moment tauchte Stephan Nick mit einem Aktenordner im Büro des Kommissars auf.

„Gut, dass Sie da sind, Herr Berger."

„Wieso? Gibt's was Neues?"

„Kann man so sagen." Nick bedeutete den Polizeibeamten wieder Platz zu nehmen.

„Aber zügig auf den Punkt kommen. Wir sind im Aufbruch", ordnete Berger an. Der Kollege von der Wirtschaftskriminalität war dafür bekannt, dass er gerne lange und ausführlich referierte.

„Also gut. Dann eben kurz." Nick schien ein bisschen eingeschnappt zu sein. Er hatte wirklich spektakuläre Neuigkeiten parat, aber diese beiden Banausen wussten seine Arbeit offensichtlich überhaupt nicht zu schätzen. Mit beleidigter Miene fuhr er fort: „Blattner hat Geld unterschlagen. Und das nicht zu knapp. Dürfte sich um rund eine Million Euro handeln."

Berger und Hansen tauschten bedeutungsvolle Blicke, sagten aber erst mal nichts, um Nick nicht zu unterbrechen.

„Der Spediteur hat das ziemlich geschickt angestellt. Also er hat ..."

„Nick, keine Details, Sie wissen, uns interessieren nur Fakten und keine kriminelle Anleitung, wie man den Staat oder seine Firma oder wen auch immer bescheißt."

„Ist ja schon gut", knurrte Nick. „Also bei der nächsten Steuerprüfung wäre das ohnehin aufgefallen. Wenn Blattner sich mit dem Geld aus dem Staub machen wollte, dann hatte er nicht viel Zeit dazu. Laut Unterlagen hat das Finanzamt sich schon für nächsten Monat angekündigt ..."

Bevor Stephan Nick seinen Vortrag beenden konnte, stand Berger auf und gab Hansen ein Zeichen, ihm zu folgen. Nick sah den beiden Beamten verdutzt hinterher. „Wie, war's das jetzt?", murmelte er und schüttelte irritiert den Kopf. Im Flur hörte er noch, wie Berger zu Hansen sagte:

„Ruf die Staatsanwaltschaft an. Wir brauchen einen Durchsuchungsbeschluss."

Eine völlig verdutzte Kristin Blattner öffnete den Polizeibeamten die Haustür. Auf Berger machte die Witwe nicht gerade den Eindruck, als hätte sie etwas zu verbergen.

Und davon, dass eine Armada von Mitarbeitern in weißen Schutzanzügen in die Villa eindrang, um diese innerhalb kürzester Zeit auf den Kopf zu stellen, zeigte sie sich ebenfalls in keinster Weise beeindruckt. Entweder war die Frau eine ausgezeichnete Schauspielerin oder sie hatte tatsächlich ein reines Gewissen. Obwohl Letzteres im Fall der Herbstzeitlosen relativ unwahrscheinlich war. Schließlich hatte Berger die belastenden Beweise eigenhändig aus dem Kompost der Blattners gefischt.

Kristin Blattner bat Berger und Hansen ins Wohnzimmer, während die KTU durch die restlichen Räume wirbelte, Schränke und Schubladen durchwühlte und zumindest für einen ordnungsliebenden Menschen, ein Bild des Grauens hinterließ.

„Bitte nehmen Sie doch Platz, meine Herren. Kann ich Ihnen etwas zu trinken anbieten?"

„Nein danke, Frau Blattner. Wir sind nicht zum Smalltalk bei Ihnen." Bergers Stimme klang ernst.

Die Witwe setzte sich zu den Beamten und bedeutete ihnen, mit der Befragung zu beginnen.

„Wenn Sie mir sagen, was Sie suchen, kann ich Ihnen vielleicht helfen."

Berger ignorierte das Angebot. „Haben Sie eigentlich eine Köchin, oder kochen Sie selbst?", fragte er stattdessen.

Die Frage schien Kristin nicht zu überraschen. Im Gegenteil. Die Witwe machte eher den Eindruck, als habe sie genau darauf gewartet. Sie wirkte fast erleichtert.

„Ich wusste, dass es nicht lange dauert, bis Sie dahinterkommen, Herr Berger. Ja, ich wollte meinem Mann Schmerzen zufügen. Ich habe Giftpflanzen unter die Bärlauchsuppe, die Hannes so geliebt hat, gemischt. Aber ich habe ihn nicht umgebracht. Mit dieser kleinen Menge wäre das auch gar nicht möglich gewesen. Das haben Sie doch sicherlich auch schon herausgefunden." Kristin sah die beiden Beamten an, die bestätigend nicken. Sie wollte es den beiden wirklich nicht schwermachen und fuhr fort: „Ich wusste schon lange, dass er mich betrügt. Aber seit meiner Krankheit ... Ich habe es nicht mehr ertragen. Ich wollte, dass er wenigstens ein bisschen leidet. Aber ich habe ihn nicht umgebracht und ich wollte ihn auch nicht umbringen. Das müssen Sie mir glauben, Herr Kommissar."

Berger nickte erneut, wenn auch kaum merklich. Er glaubte Kristin Blattner. Schon allein deshalb, weil er ihr glauben wollte. Insgeheim musste er sich eingestehen, dass es ihm sehr schwerfallen würde, diese Frau zu verhaften.

„Ihr Mann ist tatsächlich nicht an dem Pflanzengift gestorben. Er wurde erschlagen", sagte Berger. Gerade als er den Satz zu Ende gesprochen hatte, betrat ein Beamter der Spurensicherung das Wohnzimmer. In der Hand hielt er ein Radkreuz, an dem eine nicht zu übersehende Menge Blut klebte.

„Woher habt ihr das?", wollte Berger wissen.

„Aus dem SUV, der in der Garage steht?"

Berger wechselte die Gesichtsfarbe. Zu Kristin Blattner gewandt fragte er: "Gehört das Ihnen?"

„Keine Ahnung", antwortete die Witwe, die inzwischen ebenfalls leichenblass geworden war und kraftlos in das weiche Leder ihrer Wohnzimmercouch sank.

Nach einer kurzen Schrecksekunde hatte der Kommissar sich wieder im Griff. Es fiel ihm nicht leicht, das zu tun, was er jetzt tun musste. Berger stand auf und ging auf die Witwe zu. Dann sagte er mit ernster Stimme: „Kristin Blattner, Sie sind vorläufig festgenommen."

Zweiundzwanzig

Kristin Blattners Verhaftung sorgte für mächtig Unruhe im Dorf. Obwohl natürlich alle von Anfang an gewusst hatten, dass Kristin ihren Mann umgebracht hatte, wurden die Gäste in der Dorfwirtschaft nicht müde, immer wieder zu betonen: „Hab ich's doch gleich gesagt, dass die es war."

Die Kneipe war so voll wie schon lange nicht mehr. Nicht mal am Kirmessamstag waren so viele Gäste da gewesen. Resi hatte alle Hände voll zu tun, um gefüllte Biergläser und Weinschoppen an die Tische zu tragen.

„Na wenigstens dem Erwin bringt die Festnahme was." Leo war einer der wenigen, die sich nicht über die Witwe das Maul zerrissen, die aus der Stadt hierhergekommen war, um sich den reichsten Mann aus dem Dorf zu schnappen. Wenn er ehrlich war, glaubte er nicht einmal an ihre Schuld. Sogar Elsjen, seine Mutter, hegte leise Zweifel an der Version, dass diese zarte Person so mörderisch fest zugeschlagen haben sollte.

Aber mit ihrer Meinung waren Leo und Elsjen bisher fast die Einzigen im Dorf.

„Wo ist eigentlich die Zeitungstante?", fragte plötzlich jemand in die Runde. „Die hängt doch sonst immer beim Leo, kaum dass er irgendwo auftaucht."

Auf diesen Ausspruch folgte johlendes Gelächter. Da jeder im Dorf wusste, dass Leo sich mehr für Männer als für Frauen interessierte.

Einer der Anwesenden fügte noch hinzu: „Die wird bei dem Kommissar sein. Man hat die beiden ja schon mehrmals zusammen gesehen." Wieder folgte lautes Lachen, dessen Grund Leo nicht recht nachvollziehen konnte.

Als die Tür aufging und der Bürgermeister den Gastraum betrat, verstummte das Lachen sofort. Für einen kurzen

Moment herrschte eisige Stille. Alle Anwesenden wussten, dass Martin und Vera Friedhoff mit den Blattners befreundet waren.

Dann brach Jupp Schmitz als Erster das peinliche Schweigen: „Resi, wo bleibt mein Bier?“, blökte er lauthals durch die Wirtschaft und sofort stimmten die anderen Männer am Tisch mit ein. Es dauerte keine zehn Sekunden, bis der Raum sich mit dem gewohnten Stimmengewirr gefüllt hatte und kaum noch zu verstehen war, was der Tischnachbar sagte.

Friedhoff setzte sich zu Leo an den Tresen und bestellte ebenfalls ein Bier.

„Du glaubst es auch nicht, oder?“, fragte Leo den Ortschef.

Der machte nur eine abwehrende Handbewegung. „Ach was, woher denn? Wie sollte die Kristin in ihrer Verfassung denn so fest zuschlagen können? Das ist absoluter Blödsinn. Du wirst sehen, dass sich das als falsch erweisen wird.“

„Das hab ich ja auch gesagt. Aber hier will das niemand hören.“

„Die Leute wollen einen Sündenbock und Kristin ist das geeignete Opfer. Sie ist keine von hier, allein das macht sie für die meisten Dorfbewohner doch schon verdächtig.“

Leo nickte verständnisvoll mit dem Kopf. Er erinnerte sich nur allzu gut daran, wie lange es gedauert hatte, bis die Leute seine Homosexualität akzeptierten. Sogar seiner Mutter wäre es lieber gewesen, er wäre in die Stadt gezogen. Inzwischen nahm niemand mehr Anstoß daran. Auch Elsjen war froh, dass ihr Junge im Dorf geblieben war. Mit seinem Freund, wenn Leo denn endlich mal wieder jemanden kennenlernen würde, öffentlich in der Kneipe herumzumachen, würde er sich allerdings immer noch nicht trauen.

Seine letzte Beziehung war genau an dieser Tatsache in die Brüche gegangen. Arnold kam aus Berlin und hatte kein Verständnis dafür gehabt, dass, wenn sie mal zu zweit ausgehen wollten, sie bis nach Koblenz fahren mussten. Leo entfuhr ein inniger Seufzer.

Friedhoff schob das Bier, das Resi eben frisch gezapft hatte, zu Leo herüber und gab der Wirtin ein Zeichen, sein Glas ebenfalls noch einmal zu füllen. „Es wird sich alles aufklären. Glaub mir!“ Friedhoff blieb zuversichtlich.

Nach einem weiteren Bier verließen die beiden das Lokal. Sie hatten denselben Heimweg und gingen gemeinsam die Dorfstraße entlang in Richtung Kirchgasse.

Als sie an Frankas Haus vorbeikamen, blieb Leo stehen.

„Ist was?“, fragte der Bürgermeister.

„Ich weiß nicht recht“, antwortete Leo. „Es kommt mir seltsam vor, dass Frankas Auto vor dem Haus steht und drinnen kein Licht brennt. Irgendetwas stimmt hier nicht. Wann hast du Franka denn das letzte Mal gesehen?“

Friedhoff überlegte. „Gestern Nachmittag“, fiel ihm dann wieder ein, „im Dorf. Ich habe noch kurz mit ihr gesprochen. Ich glaube es war gegen drei. Franka hat mir noch erzählt, dass sie sich in der Bäckerei etwas für unterwegs mitnehmen wollte.“

„Für unterwegs?“ Leo war verwirrt.

„Sie wollte eine kleine Wanderung nach Sosberg machen und über die Brücke zurückkommen.“

„Hm.” Leo schien nicht überzeugt.

„Mach dir keine Sorgen Leo. Vielleicht hat sie sich zeitig hingelegt. Schließlich hat sie einen anstrengenden Job oder ist auf der Couch eingeschlafen.”

„Ja, das kommt in der Tat öfter mal vor.”

„Dann solltest du sie jetzt schlafen lassen. Morgen früh kannst du ja mal anrufen oder schnell rübergehen. Oder besser noch bringst du ihr morgen das Frühstück vorbei. Was man so hört, ist der Kühlschrank deiner Nachbarin ja häufig ziemlich leer."

Leo lachte laut auf. Da hatte der Bürgermeister vollkommen recht. Nur gut, dass Franka das jetzt nicht gehört hatte. Wenn sie mitbekommen hätte, dass das ganze Dorf darüber Bescheid wusste, dass sie ständig vergaß einzukaufen, wäre sie furchtbar wütend gewesen. Mit einem breiten Grinsen im Gesicht verabschiedete Leo sich von Friedhoff, ging an Frankas Haus vorbei und hielt auf seine Eingangstür zu. Dass Leo noch bei seiner Mutter wohnte, hatte vor allem praktische Gründe. Es war billiger. Leo legte keinen Wert auf großartigen Wohnkomfort, ging aber gerne schick aus. Am liebsten natürlich in männlicher Begleitung. Das Geld, das er sparte, weil er keine eigene Wohnung bezahlen musste, legte er zur Seite, um sich hin und wieder ein bisschen Luxus zu gönnen. Dafür fuhr er dann aber lieber nach Köln, wo ihn niemand kannte.

Zu fortgeschrittener Stunde saß Leo in der Küche und blätterte in der *7 Tage*. Elsjen kaufte die Illustrierte regelmäßig, um sich über das Leben an europäischen Höfen zu informieren. Gelangweilt schaute Leo sich die bunten Fotos von der englischen Königsfamilie an. Er hatte nicht die Energie, um noch etwas zu unternehmen, war andererseits aber noch viel zu wach, um ins Bett zu gehen. Er legte die Zeitschrift beiseite und schaltete den Fernseher ein. Auf fünfzig verfügbaren Programmen gab es nichts als Mist. Er knipste den Apparat wieder aus und holt sich ein Bier aus dem Kühlschrank.

Gedankenverloren starrte er aus dem Fenster. Was sollte er mit dem angebrochenen Abend bloß anfangen? Die Dorfkneipe hatte schon zu. Er hörte, wie Resi lautstark die Läden schloss. So machte sie es immer, wenn die letzten Gäste gegangen waren. Ob sich das ändern würde, wenn mehr Touristen den Weg nach Mörsdorf fänden? Leo wusste nicht, was mit der Eröffnung der Brücke noch auf sie zukam. Aber ein wirtschaftlicher Aufschwung würde dem Dorf und den meisten Einwohnern sicher guttun. Die einzige Wirtschaft und das einzige Café des Dorfes boomten schon jetzt und an den ersten Häusern wurden Baumaßnahmen vorgenommen. Noch wollte es keiner zugeben, aber Leo ahnte schon, dass die ganz Spitzfindigen bereits dabei waren, leerstehende Gebäudeteile zu Ferienwohnungen umzubauen. Sollen sie, dachte er. Man muss auch jönne könne. Nur dass ausgerechnet diejenigen die Ersten waren, die damals am lautesten gegen den Bau der Brücke demonstriert hatten, fand Leo schon merkwürdig. Aber er wollte nicht kleinlich sein. Sollte doch jeder nach seiner Fasson glücklich werden.

Er nahm gerade einen Schluck Bier aus der Flasche, als er einen Schatten im Vorgarten bemerkte. Er fuhr erschrocken zusammen. Geistesgegenwärtig löschte er das Licht. Wer schlich da mitten in der Nacht um das Haus? In gebeugter Haltung pirschte sich Leo in der dunklen Küche an der Wand entlang bis zum Fenster und schaute vorsichtig hinaus. Er sah auf die dunkle Straße. Die Straßenlaterne warf ein diffuses Licht auf den Boden. Es war bereits weit nach Mitternacht und keine Menschenseele war zu sehen.

Vielleicht hatte er sich getäuscht. Er sah auch schon Gespenster. Der Mord an Blattner hatte seine Schatten auf die Bewohner im Dorf geworfen. Die Leute waren vorsichtiger geworden, misstrauisch. Leo hatte sich anstecken lassen, von der düsteren Atmosphäre. Plötzlich sprang etwas vor seinen Augen in die Luft. Unweigerlich entfuhr Leo ein Schrei und er wich erschrocken ein paar Schritte zurück. Die Bierflasche fiel klirrend zu Boden. Aus dem Scherbenhaufen lief die klebrige Brühe über den Fußboden. Leo starrte auf das Fenster. Angst und entsetzen standen ihm ins Gesicht geschrieben. Erst dann realisierte er, dass es Rubens war, der ihn so in Schrecken versetzt hatte. Der Kater war mit einem Satz auf die Fensterbank gesprungen und rieb sein Fell an der Glasscheibe.

Leo fiel ein Stein vom Herzen. Er atmete hörbar erleichtert aus und ging nach einem großen Schritt über die Glasscherben zur Haustür, um dem nächtlichen Besucher Einlass zu gewähren. Ohne Umschweife steuerte Rubens schnurstracks auf den Kühlschrank zu.

Das machte Leo stutzig. Wieso kam Rubens hierher, wenn Franka zu Hause war? Er sah sein ungutes Gefühl, dass mit Franka etwas nicht stimmte, bestätigt. Jetzt hielt ihn nichts mehr davon ab, zum Nachbarhaus rüber zu gehen, um bei der Journalistin nach dem Rechten zu sehen.

Leo zog sich eine Strickjacke über und verließ das Haus gefolgt von Rubens. Keine Sekunde dachte er darüber nach, was wäre, wenn er Franka im Schlaf überraschte und ihr einen ebensolchen Schrecken einjagte, wie Rubens es bei ihm getan hatte. Er zweifelte nicht daran, dass hier etwas faul war. Leo wollte Klarheit. Und zwar sofort.

Seit Frankas vermeintlichem Autounfall am vergangenen Sonntag hatte Leo ein besonderes Augenmerk auf sie. Natürlich hatte sich längst im ganzen Dorf herumgesprochen, dass Franka weder betrunken noch unkonzentriert war, als sie ihren Beetle in den Graben lenkte. Jupp Schmitz, der Franka mit seinem Traktor nach Hause gefahren hatte und anschließend den Wagen aus dem Graben zog, sorgte dafür, dass spätestens am nächsten Tag das ganze Dorf wusste, dass das kein gewöhnlicher Unfall war. Er musste gesehen haben, wie Franka von einem fremden Wagen bedrängt worden war. Leo fragte sich nur warum. Wusste Franka vielleicht etwas über den Mord, was ihr gefährlich werden könnte.

Mit angewinkeltem Zeigefinger klopfte Leo vorsichtig ans Küchenfenster. Erst zaghaft, dann etwas heftiger. Als sich drinnen nichts rührte, ging er zur Haustür und drückte auf den Klingelknopf. Ein erschreckend schriller Ton ließ ihn zum zweiten Mal an diesem Abend zusammenfahren. Was für eine grässliche Klingel. Davon würden ja selbst Tote wach werden, dachte er. Wenn Franka zu Hause war, musste sie ihn spätestens jetzt gehört haben. So fest schliefen nur Tote.

Leo wartete einen Moment ab und lauschte in die Stille. Im Haus rührte sich nichts. Nach dem schrillen Klingeln hatte er geglaubt im Haus etwas gehört zu haben. Im Hintergrund ging ein Fenster auf.

„Was ist denn los?“, rief eine verschlafene Stimme. Die alte Rosalinde Grünewald, die schräg gegenüber von Franka wohnte, streckte ihren mit Lockenwicklern geschmückten Kopf aus dem Fenster. Als sie Leo erkannte, blaffte sie ihn unverblümt an. „Hast wohl zu viel getrunken und dich in der Haustür geirrt, was? Geh Heim und lass die Leute schlafen“, schimpfte die Alte.

„Ja, ja mach ich. Alles gut. Ist nix passiert“, beeilte Leo sich, zu sagen.

Die Alte schloss das Fenster wieder. Kurz darauf erlosch auch das Licht im Schlafzimmer. Für sie schien sich die Sache erledigt zu haben.

Für Leo hatte sich allerdings überhaupt nichts erledigt. Er konnte sich nicht vorstellen, dass Franka seelenruhig in ihrem Bett lag und schlief. Nicht nach dem Lärm, den er verursacht hatte. Zum Glück hatte Franka ihm das Versteck des Ersatzschlüssels verraten. Für Notfälle. Na, wenn das hier kein Notfall war. Leo schob die hölzerne Gartenbank ein Stück zur Seite und griff mit der Hand hinter einen dicken Stein. Er zog den Schlüssel hervor und öffnete mit zitternden Fingern die Haustür. Drinnen war alles still. Leo hatte nichts anderes erwartet. Rubens huschte an ihm vorbei und verschwand in der Küche. Der Kater machte sich auch Sorgen, wenn vermutlich auch nur um die Sicherheit seiner Ernährung.

„Franka", rief Leo in die Stille hinein. Nicht zu laut, um ihr, für den Fall, dass sie doch zu Hause war, keinen allzu großen Schrecken einzujagen. Aber auch nicht so leise, dass sie es überhören konnte. Auf sein Rufen folgte keine Reaktion. Leo knipste den Schalter an und sofort war der Flur in helles Licht getaucht. Er ging ins Wohnzimmer und schaute sich in der Küche um. Auf dem Esstisch lag Frankas Handy. Ob sie doch zu Hause war? Er rief ein zweites Mal ihren Namen. Aber auch diesmal, keine Antwort. Blieb nur noch die obere Etage. Er stieg die steile Treppe hinauf, dabei knarrten die hölzernen Stufen unter seinem Gewicht.

Die Tür zum Bad war angelehnt. Ein kurzer Blick genügte Leo, um zu sehen, dass das Bad leer war. Eine weitere Tür, die vermutlich in Frankas Schlafzimmer führte, war fest verschlossen. Leo klopfte und drückte gleichzeitig die Klinke nach unten. Sofort fiel sein Blick auf das leere Bett.

Spätestens jetzt war ihm klar, dass Franka definitiv nicht zu Hause war. Vielleicht übernachtete sie bei Kommissar Berger? Das wäre immerhin eine Möglichkeit, die er überprüfen sollte. Er zögerte keinen Augenblick. Es war ihm völlig egal, wie spät es war.

Leo ging schnell nach unten, holte Frankas Handy vom Küchentisch und durchsuchte ihre Kontakte nach der Privatnummer von Jan Berger.

„Franka, was gibt's denn mitten in der Nacht. Ist was passiert?" Der Kommissar hatte schon beim zweiten Klingeln abgenommen. Seine Stimme klang belegt. Offensichtlich hatte ihn der Anruf aus dem Schlaf gerissen. Leo entschuldigte sich und erklärte Berger die Situation.

Bevor er zu ausführlicheren Erklärungen ausholen konnte, unterbrach Berger ihn: „Bleiben Sie, wo Sie sind, ich komme sofort", sagte er kurz und legte auf.

Es dauert nicht lange, bis Berger, Leo und der Bürgermeister, dem die Unruhe in der Straße nicht entgangen war, sich in Frankas Küche trafen. Zwischen ihren Beinen wuselte Rubens hin und her. Ihm schien die Sache auch spanisch vorzukommen.

Berger fiel aus allen Wolken, als er von der Verfolgungsjagd und dem vermeintlichen Autounfall hörte. Warum hatte Franka nicht mit ihm darüber gesprochen? Schließlich war er ihr Freund. Vertraute sie ihm nicht? Aber seine persönlichen Befindlichkeiten spielten im Moment keine Rolle. Die Suche nach Franka hatte jetzt alleroberste Priorität.

Möglicherweise gab es einen Zusammenhang zwischen Frankas Verschwinden und dem Mord an Blattner. Berger hatte geahnt, dass der Fall mit der Festnahme von Kristin Blattner nicht gelöst war. Zudem die Witwe, obwohl sehr kooperativ, noch immer kein Geständnis abgelegt hatte. Das hätte sich natürlich sehr schnell ändern können. Aus Erfahrung wusste Berger, dass nur ein paar Tage Untersuchungshaft den stärksten Charakter erweichen konnten. Allerdings hatte er von Anfang an Zweifel daran, dass sie es überhaupt war. Kristin Blattner hatte vielleicht keine lupenreine Weste. Aber den Mord hatte sie nicht begangen. Da war Berger sich ziemlich sicher. Doch jetzt galt es erst einmal Franka zu finden. Dazu brauchte er Hilfe. Berger forderte einen Kollegen mit Spürhund an. Sobald es hell wurde, sollte das Tier den Wanderweg nach Sosberg absuchen. Die einzigen Menschen, die Berger zu nachtschlafender Zeit hatte befragen können, waren neben Leo, der Bürgermeister und Trudel Hoffmann, die Bäckersfrau, die ihrem Mann in der Backstube half und ohnehin nachts nicht schlafen konnte. Die Aussagen deckten sich dahingehend, dass Franka auf dem Weg vom Unterdorf in Richtung Kläranlage gesehen wurde. Man konnte also davon ausgehen, dass Franka dort in den Wald gegangen war.

Berger würde es sich nicht nehmen lassen, die Suchaktion persönlich durchzuführen. Auch wenn er in der Sache als befangen galt. Er musste Franka finden. Und zwar schnell. Inständig hoffte er, dass ihr nichts zugestoßen war.

Sobald es dämmerte machten sich Berger, Leo und Hansen auf den Weg. In Mörsdorf hatten bereits Hund und Herrchen am vereinbarten Treffpunkt gewartet. Berger hatte Frankas Strickjacke, die über dem Küchenstuhl hing, mitgenommen, um sie dem Hundeführer zu geben. Dieser hielt dem Polizeihund, das Kleidungsstück hin, um daran zu riechen. Der Schäferhund war darauf abgerichtet, Gerüche zu speichern und anschließend eine ihm vorgegebene Umgebung danach abzusuchen.

Hansen war sofort, nachdem er von Frankas Verschwinden gehört hatte, nach Mörsdorf geeilt. Eigentlich hatte er Überstunden abfeiern und mit seiner Ulla nach Koblenz fahren wollen. Aber die Suche nach der Journalistin ging vor. Dafür hatte auch seine Ulla Verständnis. Allerdings hatte er ihr versprechen müssen, sie am Abend in ein schickes Lokal an der Mosel auszuführen.

Auf dem Weg zur Kläranlage nahm Harras Frankas Fährte auf. Der Hund zog so stark an der Leine, dass der Hundeführer auf dem rutschigen Weg Mühe hatte, ihm zu folgen. An der Stelle, an der sich der Weg gabelte, zog der Hund seinen Begleiter nach links.

„Hier muss Franka sich verlaufen haben. Wenn sie der Beschilderung nach Sosberg gefolgt wäre, hätte sie hier rechts abbiegen müssen“, meinte Leo. Er hegte leise Zweifel daran, ob der Polizeihund immer richtiglag. Aber es gab im Moment keine andere Möglichkeit herauszufinden, wo Franka war. Berger schien ähnliche Gedanken zu hegen.

„Ein ausgebildeter Polizeihund irrt nie“, betonte er mit einer Strenge, der Leo nicht widersprechen mochte.

Schweigend folgten die vier Männer dem Hund, bis sie zu der Stelle gelangten, an der ein Zaun quer über den Weg gespannt war und sie am Weitergehen hinderte. Harras fing an zu bellen und sprang am Zaun hoch. Frankas Spur schien hier zu enden.

Die Männer schauten sich suchend um. Es war nichts zu sehen. Dann bückte Hansen sich und hob etwas vom Waldboden auf. Er hielt seinem Chef einen schwarzen Knopf hin. Aber bevor dieser sich äußern konnte, sagte Leo: „Der Knopf gehört definitiv zu Frankas Jacke.“

Dreiundzwanzig

Ihr Kopf dröhnte. Franka erwachte mit unerträglichen Schmerzen. Unter sich spürte sie nackten Betonboden. Sie merkte, dass sie am ganzen Körper zitterte. Ihr war kalt.

Um sie herum war alles dunkel. Dazu gesellte sich eine gespenstische Stille.

Wo zum Teufel war sie bloß? Sie versuchte sich daran zu erinnern, was passiert war. Es fiel ihr nicht ein. Ihre Gedanken schienen sich in einem schwarzen Loch zu befinden. Vorsichtig tastete sie ihren Kopf ab. Auf der rechten Seite konnte sie ganz deutlich eine ordentliche Beule fühlen. Kein Wunder, dass sie Kopfschmerzen hatte und sich an nichts mehr erinnerte.

Bei dem Versuch sich aufzurichten nahm das Dröhnen in ihrem Kopf zu und die Schmerzen wurden stärker. Panik überfiel Franka. Sie wollte wissen, wo sie war. Warum konnte sie nichts sehen? War sie blind geworden? Ihre Augen müssten sich doch längst an die Dunkelheit gewöhnt haben. Wo war sie bloß gelandet? Sie versuchte sich umzudrehen, doch der stechende Schmerz in ihrem Kopf nahm mit jeder Bewegung zu. Mit beiden Händen drückte Franka fest gegen ihren Schädel, um sich in eine einigermaßen bequeme Sitzposition zu bringen. Sie versuchte krampfhaft, sich daran zu erinnern, was passiert war. Aber sie konnte sich nicht konzentrieren. Das Dröhnen und Hämmern in ihrem Kopf wollte einfach nicht aufhören. Als Franka einen Versuch unternahm aufzustehen, durchzuckte ein stechender Schmerz ihren ganzen Körper. Erschöpft sackte sie zusammen.

So verharrte Franka eine ganze Weile auf dem Boden, bis ihre Erinnerung langsam zurückkehrte. Bruchstückhaft tauchten vor ihren Augen Bilder vom Waldboden auf. Von Sonnenstrahlen, die durch buntblättriges Geäst blitzten. Wie von Weitem hörte sie das Rauschen des Bachs, den sie beim Wandern überquert hatte. Plötzlich fiel ihr wieder ein, dass sie für die Reportage unterwegs war. Sie hatte die Brücke zuerst unter- dann überqueren wollen, um darüber einen kleinen Reisebericht zu schreiben. Wie lange war sie unterwegs gewesen? Wie spät mochte es sein. Franka erinnerte sich, dass ihre Uhr stehen geblieben war. Wann hatte sie das letzte Mal etwas gegessen oder getrunken? Franka hatte Durst und ihre Blase drückte. Bei dem erneuten Versuch aufzustehen wurde ihr schwindlig. Dann verlor Franka erneut das Bewusstsein.

Als sie zum zweiten Mal zu sich kam, waren die Schmerzen in Frankas Kopf etwas erträglicher geworden. Es war noch immer stockdunkel um sie herum. Und noch immer totenstill. Franka hatte nicht die leiseste Ahnung, wo sie sich befand. Außerdem hatte sie jegliches Zeitgefühl verloren. Sie wusste nicht, ob ein paar Stunden oder mehrere Tage vergangen waren, seit sie von zu Hause weggegangen war. Und sie hatte keine Möglichkeit es zu überprüfen. Ihre Armbanduhr hatte den Geist aufgegeben und ihr Handy lag vermutlich zu Hause auf dem Küchentisch. Aber wo war sie selbst? Franka hielt den Atem an und lauschte angestrengt in die Dunkelheit. Aber so sehr sie sich auch konzentrierte, außer dem Dröhnen in ihrem Kopf war absolut nichts zu hören. Die Schmerzen in ihrem Kopf machten es ihr auch nicht gerade leichter. Sie musste unbedingt herausfinden, was passiert war. Wieder tauchte vor ihrem geistigen Auge der Zaun auf, der ihr den Weg bei der Wanderung versperrt hatte. Sie erinnerte sich dunkel an den dumpfen Schlag, der vermutlich für ihre derzeitigen Kopfschmerzen verantwortlich war.

Ob sie entführt worden war? Aber wer um alles in der Welt sollte ein Interesse daran haben, sie zu entführen? Und vor allem warum? Geld konnte nicht das Motiv sein. Sie hatte keins. Zumindest nicht so viel, dass sich eine Entführung lohnen würde. Da gab es sicher geeignetere Kandidaten als sie. Ob ihre Situation etwas mit dem Mord zu tun hatte, oder vielleicht mit dem schwarzen Pickup, der sie verfolgt hatte.

Franka war völlig verzweifelt. Was sollte sie tun? Was, wenn sie hier niemand finden würde? Hatte sie Jan gesagt, was sie vorhatte? Franka erinnerte sich nicht mehr daran. Ihr fiel wieder ein, dass ihre Blase vorhin gedrückt hatte. Der Pfütze unter ihrem Hosenboden nach zu urteilen, hatte sich die Sache allerdings vorerst erledigt. Wie lange sie wohl schon hier auf dem kalten Boden lag? Wie lange würde sie ohne Essen und Trinken überleben? Wieder stieg Panik in ihr auf. Dann fielen Franka das belegte Brötchen und die Flasche Wasser ein, die sie im Rucksack für die Wanderung mitgenommen hatte. Aber wo war der Rucksack? Auf allen vieren krabbelnd, tastete sie den Boden ab, bis sie die Tasche fand. Sie griff nach der Plastikflasche und trank gierig einen großen Schluck. Wie lange konnte man mit einem Liter Wasser überleben? Eine neue Panikwelle erfasste sie. Hoffentlich würde Jan sie finden, bevor sie verdurstete. Oder vermisste er sie vielleicht noch gar nicht? Aber wenn, dann wird er auf jeden Fall nach mir suchen, versuchte sie sich zu beruhigen.

Frankas Herz pochte immer schneller. Mit gezielten Atemübungen versuchte sie, ihren Kreislauf unter Kontrolle zu bekommen. In der Stille vernahm sie ganz leise das Schlagen einer Kirchturmuhr. Franka zählte mit: eins, zwei, drei, dann wieder Stille. Sie versuchte, sich daran zu erinnern, ob die Turmuhr der Dorfkirche zu jeder Viertelstunde schlug oder nur die vollen Stunden anzeigte. Es fiel ihr aber beim besten Willen nicht mehr ein. Das Einzige, was sie jetzt wusste war, dass sie sich offensichtlich in der Nähe einer Kirche befand. Welche, blieb aber völlig unklar. Sie musste unbedingt herausfinden, wo sie war.

Voller Angst und mit letzter Kraft richtete Franka sich auf und versuchte vorsichtig, den dunklen Raum zu erkunden. Franka tastete sich an der Wand entlang. Sie fand heraus, dass der Raum, in dem sie eingesperrt war, anscheinend rund war und nicht allzu groß, da sie nach kurzer Zeit wieder bei ihrem Rucksack ankam.

Außerdem gab es eine Tür. Das war doch schon mal was. Franka ertastete den Türgriff und rüttelte daran, so fest sie nur konnte. Sie hatte nicht wirklich damit gerechnet, dass die Tür auf ihren Druck hin nachgab. Tat sie auch nicht. Die Tür war fest verschlossen und ließ sich nicht öffnen, auch nicht, als Franka mit aller Kraft dagegentrat. In ihrer Verzweiflung trommelte Franka gegen das Türblatt und schrie dabei laut um Hilfe. Ziemlich schnell versagten ihre Kräfte und sie gab erschöpft auf. Vielleicht fand sich noch etwas anderes, das ihr einen Hinweis auf ihren Verbleib liefern konnte. Neben der Tür ertastete sie einen Kasten. Vielleicht ein Sicherungskasten? Franka öffnete den kleinen Schrank und fühlte jede Menge kleiner Hebel und Schalter, die ihre Theorie mit dem Sicherungskasten zu bestätigen schienen.

Dann fiel es ihr wie Schuppen von den Augen. Ein Windrad! Sie war in einem Windrad eingesperrt. Ihr Herz machte vor Freude einen Hüpfer. Erst kürzlich hatte sie für ihre Zeitung einen Bericht über einen Besuch im Windrad geschrieben. Um an Informationen zu kommen, war sie extra nach Alzey gefahren, wo der Hersteller seinen Firmensitz hatte. Zwei Mitarbeiter nahmen sie mit nach oben in die Gondel. Es war ein großes Windrad von über hundert Metern Höhe, das über einen Aufzug verfügte. Die Leute hatten ihr erklärt, dass kleinere Modelle mit Stahlleitern ausgerüstet seien, über die man nach oben klettern konnte. Allerdings war es damals im Innern des Windriesen deutlich lauter gewesen.

Ein ständiges Brummen signalisierte den Besuchern, dass das Rad in Betrieb war. Franka horchte noch einmal sehr konzentriert. Aber sie hörte nichts als Stille. Mist, dachte sie. Eine Hitzewelle durchflutete ihren Körper. Was, wenn sie sich in einem der Windräder befand, deren Bau vor einer Woche auf Eis gelegt wurde, weil es Komplikationen mit der Genehmigung gegeben hatte. Bis sie dann jemand finden würde, wäre sie vermutlich längst tot. Die Hoffnung, dass man sie hier zufällig entdeckte, schwand von einer Sekunde auf die andere. Verzweifelt sank Franka auf den Boden und fing an zu weinen. Dicke Tränen kullerten über ihre Wangen.

Vierundzwanzig

„So ein Mist", schimpfte Berger und trat wütend mit dem Fuß gegen seinen Schreibtisch. Er konnte sich auf nichts anderes mehr konzentrieren als die Suche nach der vermissten Franka. Die Ermittlungen im Mordfall Blattner traten in den Hintergrund. Das spurlose Verschwinden der Journalistin beunruhigte den Kommissar sehr. Was um alles in der Welt konnte da passiert sein? War Franka entführt worden? Und wenn ja, warum? Bei Franka gab es nicht zu erpressen. Außerdem waren nirgends Forderungen eingegangen. Eine Entführung erschien dem Kommissar äußerst unwahrscheinlich. Die einzige einigermaßen plausible Erklärung, die Berger einfiel, war, dass Franka etwas wusste, was sie unter keinen Umständen in der Gegend herumerzählen und schon gar nicht in der Zeitung veröffentlichen sollte.

Aber was zum Teufel konnten das für geheimnisvolle Informationen sein, von denen er nichts wusste?

Berger ließ sich in das weiche Leder seines Bürostuhls fallen und dachte scharf nach: Frankas Spur verlor sich an dem Zaun im Wald. Außer dem Knopf, bei dem Leo Kastor sich sicher war, dass er zu Frankas Jacke gehörte, gab es keinerlei brauchbare Spuren. Als ob sie sich dort in Luft aufgelöst hätte. Als Harras, der Polizeihund, am Vormittag Frankas Fährte aufgenommen hatte, war Berger voller Hoffnung, seine Freundin sehr schnell wieder in die Arme schließen zu können. Aber jetzt tappten er und seine Kollegen völlig im Dunkeln. Es gab keinerlei Hinweise, wie die Journalistin von dort weggekommen sein könnte. Sie konnte doch nicht geflogen sein.

Die Spurensicherung musste die Gegend noch einmal nach Fuß- oder Reifenspuren absuchen. Auch wenn es schwierig war. Der Waldboden rund um die Hängeseilbrücke war von den vielen Wanderern derart aufgewühlt und matschig, dass selbst die erfahrenen Kollegen von der Spusi es nicht leicht haben würden, etwas zu finden. Aber er wollte nichts unversucht lassen. Berger klammerte sich an jeden noch so kleinen Strohhalm.

Am Vormittag hatte er mit Paula Linden, Frankas Chefin, telefoniert, um sie über Frankas Verschwinden zu informieren. Außerdem wollte er wissen, ob sie gerade an einer heiklen Geschichte arbeitete. Aber weder die Reportage über Wanderwege rund um die Hängeseilbrücke noch die Recherchen über ein ehemaliges Kinderheim oder eine Kunstausstellung in Simmern erschienen Berger so brisant, dass man Franka dafür aus dem Weg räumen müsste. Der Kommissar fühlte sich müde und erschöpft. Bei seinen Ermittlungen kam er einfach nicht weiter.

Auch bei den Verdächtigen im Mordfall Blattner gab es keine Hinweise, mit denen er etwas anfangen konnte. Was, wenn Blattners Tod und Frankas Verschwinden etwas miteinander zu tun hatten? Berger dachte angestrengt nach, aber die zündende Idee, die beide Fälle verbinden könnte, blieb aus. Kristin Blattner beharrte auf ihrer Version, ihrem Mann zwar eine Giftkräutermischung verabreicht zu haben, sehr wohl aber gewusst zu haben, dass eine solch geringe Menge auf keinen Fall tödlich sein konnte. Berger glaubte ihr, auch als sie ihm sagte, dass sie selbst an der Wirkung der winzigen Giftmenge erheblich gezweifelt hatte. Der Kommissar raufte sich die Haare. Dabei riss er sich ein kleines Büschel aus. Wenn das so weiterging, hätte er bald eine Glatze. Er war ganz in Gedanken versunken und bemerkte nicht einmal, dass Hansen längst im Büro aufgetaucht war und sich ihm gegenüber an seinen Schreibtisch gesetzt hatte. Erst als er ihn ansprach, fuhr der Kommissar zusammen und erwachte aus seinen Tagträumen.

„Gibt's was Neues?“, fragte Berger den Kollegen, obwohl er sich die Frage hätte sparen können. Allein Hansens Gesichtsausdruck verriet mehr als tausend Worte. Auch er schien sich wirklich Sorgen um Franka zu machen. Berger schaute auf die Uhr. Es war längst Dienstschluss. „Geh nach Hause Hansen. Ich bleibe heute Nacht hier auf der Wache. Wenn ich dich brauche, rufe ich dich an.“

Nur zögerlich folgte Hansen der Aufforderung seines Chefs. Umständlich packte er seine Sachen zusammen, drehte sich in der Tür aber noch einmal zu Berger um. Der Kommissar reagierte nicht. Er war schon wieder tief in seiner Gedankenwelt versunken.

Berger musste etwas übersehen haben. Sowohl im Fall Franka als auch im Mordfall Blattner. Er überlegte hin und her. Seine Gedanken kreisten wie wild um die beiden Fälle.

Irgendjemand musste dem Blattner ja auch den Schädel eingeschlagen haben. Es war ihm in seiner gesamten Laufbahn als Kommissar noch nicht untergekommen, dass es von geständigen Tätern nur so wimmelte. Aber keiner dabei war, der den Mord tatsächlich begangen hatte. Berger rief sich noch einmal das Bild des Toten ins Gedächtnis. Blattners Schädel sah schon sehr malträtiert aus. Da hatte jemand mit voller Wucht zugeschlagen, und dieser jemand musste nicht nur über die nötige Kraft verfügen, sondern auch von Hass und Rache getrieben worden sein.

Aus seiner Sicht hätte Kristin Blattner schon ein echtes Motiv gehabt. Aber ihre Aussage war glaubwürdig. Petry und Wendling kamen auch nicht infrage. Die waren zwar stinksauer auf ihren Chef und hätten ihm gerne eine reingehauen. Aber umbringen? Eher unwahrscheinlich. Die Umweltschützer sowie die schöne Moni hatte Berger schon längst von der Liste der Tatverdächtigen gestrichen. Ebenso Jupp Schmitz.

Der Kommissar fragte sich, wer einen so unglaublichen Hass auf den Spediteur gehabt haben konnte? Es musste ein persönliches Motiv dahinterstecken. Aber wer kam da noch infrage? Blattners Eltern waren schon lange tot. Geschwister gab es, soweit Berger wusste, keine.

Ein Zufallsmord? Auch unwahrscheinlich. Der Tote hatte seine Brieftasche mit mehreren Hundert Euro noch in der Hosentasche. Raubmord schied also definitiv auch aus.

Ob an der Geschichte von Sascha Petry was dran war? Angeblich hatte er Blattners Porsche in der Tatnacht im Wald gesehen. Berger erinnerte sich aber ganz genau daran, dass der Wagen blitzblank geputzt vor der Villa stand, als er der Witwe die Todesnachricht überbrachte. Berger hielt inne. Ihm fiel etwas ein. Hatte er sich nicht vorgenommen, die Waschanlage in Kastellaun zu überprüfen? In dem ganzen Trubel hatte er das völlig vergessen. Wie lange die Tankstelle wohl aufhatte? Er sah auf seine Armbanduhr und schnellte aus dem Bürostuhl hoch. Einen Versuch war es allemal wert.

Die Tankstelle hatte noch geöffnet, als Berger mit seinem Dienstwagen vorfuhr. Er stieg aus und sah sich in aller Ruhe auf dem Gelände um. Viel war um die Uhrzeit nicht mehr los. Nur ein alter BMW wurde an einer der beiden Zapfsäulen betankt. Die Tür zum Verkaufsraum stand offen.

Berger hörte wie drinnen einige Jugendliche mit dem Tankstellenbesitzer stritten. Es ging um ein paar Flaschen Bier. Als Berger näher kam, löste sich die Gruppe auf. Zwei verließen das Gelände zum Ort hin, die anderen machten sich in Richtung Landstraße davon. Berger konnte noch hören, wie einer der Jungen den anderen zuraunte: „Achtung, Bullen“, bevor sie vom Schauplatz verschwanden. Insgeheim war Berger ein bisschen stolz darauf, von den Jugendlichen erkannt worden zu sein. Er schien also doch eine gewisse Autorität auszustrahlen.

Bevor Berger den Verkaufsraum betrat, nahm er die Waschanlage in Augenschein. Es war keine der Autowaschstraßen, bei denen der Fahrer im Wagen sitzen blieb, während gemächlich drehende Reinigungsbürsten über das Fahrzeug glitten und man am Ende mit dem blitzsauberen Ergebnis herausfuhr. Sondern eines dieser Modelle, bei denen der Kunde aussteigen und das Waschprogramm von außerhalb mittels Chipkarte in Gang setzen musste. Berger mochte solche Anlagen nicht sonderlich, weil man als Fahrer in der Zeit, in der das Auto in der Waschkammer war, dämlich in der Gegend herumstand.

Nachdem die Jugendlichen verschwunden waren und der BMW-Fahrer gezahlt hatte, war der Tankwart alleine im Verkaufsraum. In Anbetracht der Süßwarenauslage bekam Berger Lust auf einen Schokoriegel. Beim Bezahlen erkundigt er sich nach der Funktionsweise der Waschanlage.

Der Tankwart machte einen ziemlich unfreundlichen Eindruck. Genauso ölig, wie er aussah raunzte er Berger an: „Schnellwäsche kostet fünfachtzisch, Basis siebenfuffzisch. Wollen Sie eine Karte mitholen?“

„Nehmen“, korrigierte Berger leise. Dass die Hunsrücker den Unterschied zwischen nehmen und holen einfach nicht verstehen wollten, irritierte ihn immer wieder.

„Hä?“, der Mitarbeiter guckte ihn blöd an. Er schäumte nicht gerade über vor Charme.

Berger zögerte einen Moment, bis er sagte: „Ist die Anlage denn so spät noch geöffnet?“

„Mit der Karte können Sie Ihr Auto waschen, wann Sie wollen. Wenn Sie Lust haben auch mitten in der Nacht“, lautete die mürrische Antwort diesmal.

„So, so. Dafür muss die Tankstelle also gar nicht offen sein?“ Berger grübelte weiter.

„Nee, sag ich doch. Was is' jetzt, wollen Sie eine oder nicht? Ich mach jetzt nämlich zu. Also entscheiden Sie sich, Mann.”

Trotz des brummigen Tonfalls seines Gegenübers blieb Berger gelassen. „Ich glaube, Sie müssen sich noch einen kleinen Moment Zeit nehmen.“ Berger hielt dem Tankwart seinen Dienstausweis unter die Nase.

Der stöhnte entnervt auf: „Was wollen Sie?“

„Ich will Ihnen nur ein paar Fragen stellen, und je schneller Sie mir die beantworten, desto schneller kommen Sie auch nach Hause.“ Berger sah sich im Laden um. Ihm fiel nichts Ungewöhnliches auf. In der Auslage vor dem Tresen gab es Süßigkeiten, Zeitschriften und Getränke, Zigaretten dahinter. Bergers Blick fiel auf die Monitore neben der Registrierkasse.

„Mit den Monitoren überwachen Sie die Tanksäulen?“

„Korrekt.“

„Nur die Zapfsäulen oder auch die Waschanlage?“

„Die Kameras sind auch auf die Einfahrt zur Waschanlage gerichtet. Warum wollen Sie das eigentlich wissen?“ Der Tonfall des Mannes klang zwar immer noch mürrisch, war aber ein wenig freundlicher geworden. Vermutlich hatte der Kerl inzwischen kapiert, dass er die Sache nur so beschleunigen konnte.

„Und wenn die Tankstelle geschlossen ist?“

„Auch dann, die laufen Tag und Nacht. War’s das jetzt?“ Der Mann trat aufgeregt von einem Bein auf das andere. Er schien es wirklich eilig zu haben. Ein Grund mehr für Berger, sich besonders viel Zeit zu lassen.

„Und die Aufzeichnungen, wie lange werden die vorgehalten?“

Der Tankwart zuckte die Schultern. „So ’ne Woche denke ich. Das macht eigentlich alles der Chef.“

„Dann ist jetzt vermutlich der richtige Moment, um den Chef einmal anzurufen. Ich brauche die Aufzeichnung vom vergangenen Freitag.“

„Das geht nicht.”

„Hören Sie, ich ermittle hier in einem Mordfall. Entweder Sie rufen jetzt den Chef an oder ich werde das selbst tun.“

Murrend griff der Mitarbeiter zum Hörer. Er drehte Berger den Rücken zu, während er telefonierte. Trotzdem hörte der Kommissar, wie er seinem Chef die Situation erklärte. Er nickte mit dem Kopf und legte auf. Anschließend wendete er sich Berger zu und sagte: „Chef kommt in fünf Minuten. Können Sie draußen warten, dann kann ich schon mal gehen."

Es war nicht zu fassen. Berger fand die Ansage unverschämt, ging aber trotzdem wortlos mit nach draußen. Er wollte nicht dafür verantwortlich sein, dass die Laune des Mannes noch tiefer sank. Der Tankwart schloss die Tür des Verkaufsraums, stieg grußlos in ein Auto und fuhr davon.

Wenige Minuten später traf Horst Müller, der Betreiber, an der Tankstelle ein. „Entschuldigung, dass Sie warten mussten." Im Gegensatz zu seinem Mitarbeiter war Müller die Freundlichkeit in Person. Er bat Berger in sein Büro, wo er ihm, ohne weitere Fragen zu stellen, den Stick mit den gespeicherten Daten aushändigte. Bevor Berger die Tankstelle verließ, kaufte er noch ein Bier und eine Tüte Chips. Es würde eine lange Nacht werden.

Der Mord an Hannes Blattner geschah gegen Mitternacht. Berger startete die Aufzeichnung bei der Zeitanzeige dreiundzwanzig Uhr und starrte wie gebannt auf den Bildschirm seines Computers. Eine ziemlich langweilige Angelegenheit. Berger hatte zwar nicht damit gerechnet, dass es nachts in der Waschanlage einer Kleinstadt hoch herging, aber dass so gar nichts los war, enttäuschte ihn schon. Die Arbeit ermüdete ihn. Er versuchte krampfhaft die Augen aufzuhalten. Bisher war auf dem Video noch kein einziger Wagen zu sehen gewesen. Lediglich die Bande von Jugendlichen, die vorhin mit dem Tankwart gestritten hatte, schlich mehrmals durchs Bild. Auf die sollte er in Zukunft mal ein Auge werfen. Den Kopf in beide Hände gestützt, versuchte der Kommissar sich weiter auf das unscharfe Bild der Kamera zu konzentrieren. Rund eine Stunde später zahlte seine Geduld sich endlich aus. Die Zeitanzeige auf dem Bildschirm zeigte bereits weit nach Mitternacht, als sich zwei Scheinwerfer auf die Anlage zubewegten. Mit einem Schlag war Berger wieder hellwach. Er beobachtete einen Wagen, der vor dem Portal der Waschanlage anhielt. Der Fahrer stieg aus. Der Mann war dunkel gekleidet. Bei der schlechten Ausleuchtung des Geländes konnte Berger beim besten Willen nicht erkennen, um wen es sich handelte. Wohl aber war das Fahrzeug ganz deutlich zu sehen. Es handelte sich um einen dunklen Porsche Cayenne Turbo mit dem Kennzeichen *SIM-HB-470.* Eindeutig der Wagen von Hannes Blattner.

Hansen war nicht sonderlich überrascht, seinen Chef am frühen Morgen im Büro vorzufinden. Er hatte geahnt, dass Berger nicht die Nerven hatte, sich seelenruhig zu Hause ins Bett zu legen, solange ein Mörder und ein Entführer frei herumliefen.

Dass es sich auch um zwei Mörder beziehungsweise zwei Mordfälle handeln könnte, wagte er seinem Chef gegenüber nicht zu äußern. Im Fall Franka gab es bisher keinerlei Anzeichen für eine Entführung. Und warum sollte auch jemand eine Journalistin entführen? Da gab es doch nix zu holen. Das wusste sogar Hansen. Aber aus Rücksicht auf seinen Vorgesetzten behielt er diesen Gedanken vorerst für sich.

Schweigend beobachtete er seinen Chef, der im Bürosessel hing und schlief. Dann räusperte er sich vorsichtig. Beim ersten Geräusch schreckte Berger auf. „Ach Hansen, du bist es. Wie spät haben wir?“

„Gleich halb acht. Haben Sie etwas herausgefunden, Chef?“ Hansens Tonfall war anzuhören, dass er sich wirklich Sorgen machte. Nicht nur um Franka, sondern auch um seinen Chef.

Berger nickte. Hansen holte ihm einen Kaffee aus dem Automaten im Flur. Als er zurückkam, saß sein Chef aufrecht vor dem Monitor. Die Aufzeichnung der Überwachungskamera zeigte ein Standbild, auf dem Blattners Fahrzeug zu erkennen war. „Kannst du das Foto so herrichten, dass man erkennen kann, wer der Fahrer ist?"

Hansen nickte. „Lassen Sie mich mal ran, Chef."

Berger zog mit seinem Automatenkaffee auf Hansens Sitzplatz um und ließ den jungen Kollegen machen. Es dauerte nicht lange, bis Hansen Erfolg hatte und seinem Chef ein Zeichen gab. Die beiden Polizeibeamten starrten auf den Bildschirm, auf dem nun gestochen scharf eine Person zu sehen war, die sie beide sehr genau kannten. Ohne ein Wort zu wechseln, verließen die beiden Polizisten das Büro und machten sich auf den Weg zu Georg Metzler.

Minuten später klickten die Handschellen.

Fünfundzwanzig

„Ich halte diese verdammte Warterei nicht mehr aus." Leo tigerte unruhig in der Küche auf und ab. Er wusste nicht, was er tun sollte. Seine Mutter versuchte, ihn zu beruhigen, aber alles Reden nützte nichts. Leo war nicht mehr zu halten. Er zog seine Wanderschuhe an, packte ein Handy und ein paar Lebensmittel in einen Rucksack und machte sich, nicht ohne seine Mutter über die genaue Route informiert zu haben, auf den Weg.

Leo fielen auf Anhieb ein paar Stellen ein, die einem möglichen Entführer als Versteck dienen könnten. Wenn die Polizei schon nichts unternahm, dann versuchte er es eben auf eigene Faust. Leo war im Dorf aufgewachsen. Als Kind hatten er und seine Klassenkameraden viel Zeit im Wald verbracht. Leo kannte in der Umgebung jeden Stein, jede Höhle und jede Waldhütte. Am sinnvollsten erschien es ihm, zuerst in der alten Jagdhütte nachzusehen. Wenn er jemanden hätte verstecken wollen, der so schnell nicht gefunden werden sollte, dann hätte er es dort getan. Die Hütte lag rund einen Kilometer südlich vom Dorf, mitten im Wald. Ein Jagdpächter aus dem Ruhrgebiet hatte sie vor Ewigkeiten dort errichten lassen. Als Kind war Leo oft dort gewesen, um mit den Kindern des Pächters, die in seinem Alter waren, zu spielen. Aber das war lange her. Seit der Jagdpächter nicht mehr lebte, hatte sich nach Leos Wissen niemand mehr um die Hütte gekümmert. Und genau so einen verwahrlosten Eindruck machte das Holzhaus auch jetzt auf ihn. Auf den ersten Blick sah es nicht so aus, als sei kürzlich jemand hier gewesen. Gras und Gestrüpp umwucherten den Eingang. Wenn hier jemand gewesen wäre, wäre das Gras niedergetrampelt. War es aber nicht. Leo schlich um die Hütte herum. Es war nichts zu hören oder zu sehen. Er bezweifelte, dass Franka hier versteckt wurde, ging aber vorsichtshalber an die Tür und drückte, nachdem er angeklopft hatte, die Klinke herunter. Die Tür sprang aus dem Schloss. Leo machte einen Schritt zurück. Nicht abgeschlossen. Was wenn doch jemand hier war? Er schob die Tür langsam auf und riskierte einen vorsichtigen Blick hinein. Die Hütte bestand nur aus einem Raum. Man konnte alles sofort überblicken. Fingerdicker Staub war ein Indiz dafür, dass niemand da war. Er hätte zwangsläufig Spuren hinterlassen. Enttäuscht schloss Leo die Tür wieder und ging zu Plan B über. Er war sich sogar ziemlich sicher gewesen, Franka hier zu finden, und hatte im Geiste schon seinen Triumph Berger gegenüber ausgekostet.

Leo überlegte, welches potenzielle Versteck es noch gab? Ach ja, die Höhlen der alten Schieferstollen. Leo musste sich eingestehen, dass das keine wirkliche Alternative war. Wie sollte man eine Höhle unauffällig so verschließen, dass niemand herauskam? Diese Möglichkeit konnte er vergessen. Aber aufgeben würde er noch lange nicht. Er würde weitersuchen bis er Franka gefunden hatte. Sein sechster Sinn sagte ihm, dass sie irgendwo in der Nähe war. Und dass sie sich in Lebensgefahr befand. Leo hatte ein Gespür für brenzlige Situationen. Er streifte weiter durch den Wald, mit der sicheren Gewissheit, Franka zu finden.

Sechsundzwanzig

Franka hatte jegliches Zeitgefühl verloren. Sie wusste nicht, welcher Wochentag war, ob Tag oder Nacht. Ihre Augen hatten sich langsam an die Dunkelheit gewöhnt. Die Schmerzen waren erträglicher geworden. Franka hatte Hunger. Und Durst. Ihr Magen knurrte. Außer dem Käsebrötchen und einem angebissenen Schokoriegel, den sie zufällig noch im Rucksack hatte, hatte sie nichts mehr zu sich genommen. Argwöhnisch betrachtete Franka ihren Wasservorrat. Die Literflasche war noch knapp viertel voll. Franka musste weiterhin gut haushalten, damit sie solange wie möglich damit auskam.

Sie war sich sicher gewesen, dass Jan sie hier rausholen würde. Aber je mehr Zeit verging, desto stärker wurden ihre Zweifel. Was, wenn niemand sie vermisste? Sie lebte alleine. Der Kater konnte schließlich keine Hilfe holen. Franka war völlig verzweifelt. Sie sah nur noch eine Chance. Wenn sie es schaffte, über die steile Leiter nach oben zu klettern, und es ihr gelang, oben die Luke zu öffnen, konnte sie vielleicht um Hilfe rufen. Mit viel Glück hörte da draußen jemand ihre Schreie.

Franka raffte sich auf, nahm ihre Kraft zusammen und schleppte sich zu der Stahlleiter. Ihr Blick folgte den Sprossen. Sehr viele konnte sie im Dunkeln nicht erkennen. Sie erinnerte sich an die Leiter in dem Windrad in Alzey, die einhundert Meter senkrecht nach oben führte. Franka wurde schon schwindlig, wenn sie nur daran dachte. Aber es half nichts. Sie riss sich zusammen und erklomm die ersten Sprossen. Gar nicht so einfach, wenn man nix Vernünftiges im Bauch hatte. Sie fühlte sich schwach, so wie man sich nach einer überstandenen Grippe fühlte. Schon nach wenigen Metern ließen ihre Kräfte nach und sie konnte nicht mehr weiter. Krampfhaft hielt sie sich an den Holmen fest. Sie wusste nicht mehr, wie weit sie schon vom Boden weg war. Ihre Hände waren eiskalt. Sie konnte sie kaum noch spüren. Plötzlich merkte Franka, wie sie abrutschte. Ihre Hände, die eben noch den kalten Stahl der Leiter umklammert hatten, ließen sie im Stich. Mit lautem Gepolter sauste Franka nach unten. Sie schlug auf dem harten Betonboden auf. Ihr Arm tat weh. Franka spürte unerträgliche Schmerzen und stöhnte laut auf. Dann schmeckte sie Blut und ihr wurde schlecht.

Siebenundzwanzig

Seit geschlagenen drei Stunden saß Georg Metzler nun schon im Büro von Hansen und Berger und gab keinen Ton von sich. Außer den Angaben zu seiner Person waren diesem Mann einfach keine Informationen zu entlocken. Berger hatte bisher noch jeden Verdächtigen zum Reden gebracht, aber egal, für welche Methode er sich entschied, bei Metzler schien keine Erfolg zu haben. Der Kommissar war kurz vorm Verzweifeln. Er musste ununterbrochen an Franka denken. Berger war von Metzlers Schuld fest überzeugt. Der Büroleiter hatte Blattner auf dem Gewissen. Nur das Motiv war dem Kommissar noch schleierhaft. Geld konnte es nicht sein. Metzler wurde von seinem Chef mehr als fürstlich bezahlt. Das ging aus den Lohnunterlagen des Fuhrunternehmens eindeutig hervor. Welchen Nutzen hatte Metzler also von Blattners Tod? Vielleicht etwas Privates? Ob Metzler es auf Kristin Blattner abgesehen hatte und Blattner ihm im Weg stand? Berger überlegte weiter: Die Witwe spielte seiner Meinung nach in einer ganz anderen Liga als Metzler. Wenn der Mann nicht bald den Mund aufmachte, würde er, Berger, noch verrückt werden. Um seine Gedanken zu ordnen, ging der Kommissar aufs Klo, wusch sich mit eiskaltem Wasser Hände und Gesicht und holte anschließend zwei Kaffee am Automaten im Flur. Dann versuchte er es noch einmal.

„Herr Metzler. Es ist vollkommen zwecklos zu leugnen. Sie sind auf der Videoüberwachung der Waschanlage so was von eindeutig zu erkennen. Geben Sie es doch einfach zu. Das macht die Sache für Sie und für uns leichter."

Berger trank einen Schluck Kaffee und schob den zweiten Becher zu Metzler rüber, der sich nicht vom Fleck rührte und beharrlich weiterschwieg. Dann fuhr der Kommissar fort: „Dann werde ich Ihnen sagen, wie es war. Sie haben die beiden Lkw-Fahrer von Ihrem Bürofenster aus beobachtet. Als sie den vermeintlich toten Blattner wegtransportiert haben, sind Sie ihnen mit Blattners Wagen gefolgt. Vermutlich hatte er sogar den Schlüssel stecken lassen. Als Sie bemerkt haben, dass Ihr Chef gar nicht tot war, da haben Sie nachgeholfen. Sie haben das Radkreuz aus Blattners Wagen geholt, sind zurück zur Brücke und haben zugeschlagen."

Berger sah Metzler erwartungsvoll an. Aber der saß da wie ein Stein und zeigte nach wie nicht die kleinste Reaktion.

Berger ließ nicht locker: „Aber warum Metzler? Ich verstehe einfach nicht warum? Was ist mit dem verunfallten Fahrer. Hatten Sie da auch Ihre Finger im Spiel. Wollten Sie den auch loswerden? Wie Ihren Chef? Und die Journalistin? Wo ist sie?“ Bei der letzten Frage war der Kommissar Metzler so nahe gekommen, dass er seinen Atem im Gesicht spürte. Angeekelt wich der Berger zurück. Am liebsten würde er dem Kerl die Gurgel umdrehen. Stattdessen schaute er den Verdächtigen durchdringend an.

Plötzlich glaubte er, ein kurzes Nicken zu erkennen. War das der Anfang für ein Geständnis? Er bohrte weiter. „Metzler, es ist sowieso gelaufen. Sie kriegen hier keinen Fuß mehr auf den Boden, ob Sie nun reden oder nicht.“

Anscheinend hatte der Kommissar Metzler endlich weichgeklopft. Es dauerte allerdings noch eine gefühlte Ewigkeit, bis Metzler endlich den Mund aufmachte: „Was soll's. Sie kriegen es ja eh raus“, begann er betont langsam. Dann fügte er leise hinzu: „Hannes war mein Halbbruder.”

„Was?“ Berger war fassungslos. „Sie haben Ihren Halbbruder getötet? Warum?“

Endlich packte Georg Metzler aus. Und zwar richtig. Mit heiserer Stimme erzählte er von seiner Kindheit im Hause Blattner. Metzlers leibliche Mutter war früh gestorben, aber der Vater hatte den unehelichen Spross zu sich geholt. Alles war gut, bis Blattner heiratete. Schnell kam der kleine Hannes zur Welt. Die Stiefmutter mochte Georg Metzler nicht, aber solange der Vater lebte, traute sie sich nicht, etwas gegen ihn zu sagen. Aber kaum, dass ihr Mann tot war, witterte die Stiefmutter ihre Chance. Noch in derselben Woche kam der achtjährige Georg Metzler ins Kinderheim. Unter dem strengen Regiment der Ordensschwestern, die das Haus leiteten, wuchs Metzler auf. Seinen Blick jedoch immer auf den Halbbruder und dessen Lebenslauf gerichtet. Nach der Schule machte Metzler eine Ausbildung als Bürokaufmann. Er war fleißig und galt schnell als einer der besten in seinem Beruf. So bewarb er sich in der Firma seines Bruders, die, wie er glaubte, zur Hälfte ihm zustand. Zuerst gab er sich nicht zu erkennen. Er wollte, dass Blattner ihm ganz unvoreingenommen begegnete, und spielte das Spiel so lange, bis sein Halbbruder ihm blind vertraute. In den Jahren im Kinderheim hatte Metzler einen solchen Hass gegen seinen Bruder entwickelt, dass er nur noch ein Ziel vor Augen hatte. Er wollte Hannes Blattner vernichten. Koste es, was es wollte.

Er zog heimlich Geld aus der Firma, um den Bruder einerseits finanziell zu ruinieren und andererseits für sich eine Basis zu schaffen, um nach Blattners Tod die Firma zu übernehmen.

„Dass ich den Streit zwischen Hannes und den beiden Lkw-Fahrern von meinem Bürofenster aus beobachtete, war reiner Zufall. Als Blattner im Handgemenge zu Boden stürzte und sich eine Kopfverletzung zuzog, jubelte ich innerlich. Ungewollt hatten die beiden Idioten die Drecksarbeit für mich erledigt. Aber ich wollte ganz sicher sein, dass Hannes wirklich tot war. Ich sah den beiden zu, wie sie den schlaffen Körper meines Halbbruders in dieses angemalte Auto bugsierten und damit wegfuhren. Mein Bruder hatte die Angewohnheit, stets den Autoschlüssel stecken zu lassen. Das machte ich mir zunutze. Ich stieg in seinen Wagen und folgte den beiden. Auf einem Waldweg in der Nähe der Brücke wartete ich so lange, bis ich sicher sein konnte, dass die beiden verschwunden waren. Dann schlich ich auf die Brücke. Mein Halbbruder gab kein schönes Bild ab. Die beiden hatten ihn dort abgelegt, wie auf dem Präsentierteller.

Vermutlich sollte das den Verdacht auf die Naturschützer lenken. War mir egal. Allerdings genügte mir ein Blick, um zu erkennen, dass Hannes noch lebte. Vielleicht wäre er verblutet, aber darauf konnte ich mich nicht verlassen. Das Risiko war mir einfach zu groß. Ich ging zurück zum Wagen und suchte im Kofferraum nach einer Waffe. Irgendetwas musste Hannes doch im Auto haben, das als Mordwaffe dienlich war. Nach langem Suchen hatte ich plötzlich das Radkreuz in der Hand. Ich ging zurück zur Brücke und schlug zu. Mit einem einzigen gezielten Schlag setzte ich dem Leben meines Halbbruders ein Ende. Als ich mich umdrehte, spürte ich eine Art Erlösung. Ich fühlte mich so frei wie lange nicht mehr. Ich legte das Mordwerkzeug zurück in den Kofferraum und fuhr mit dem Wagen durch die Waschanlage. Ich wusste, dass Blattner immer eine von diesen Chipkarten im Handschuhfach hatte. Dann fuhr ich zur Villa. Alles war ruhig. Kein Licht brannte. Kristin nahm Schlaftabletten, sie würde mich nicht bemerken. Im Auto befand sich der Sender des Türöffners für das Eingangstor. Ich stellte den Wagen vor der Garage ab, genauso wie Hannes es jeden Abend tat. Dann bin ich zu Fuß zur Firma zurück." Metzler machte eine bedeutungsvolle Pause, dann fügte er rasch hinzu: „Aber mit dem Tod des Lkw-Fahrers habe ich nichts zu tun. Das Weichei hat einfach die Nerven verloren."

Berger und Hansen waren baff. Nach dem stundenlangen Schweigen des Büroleiters hatte keiner der beiden mit so einem konkreten Schuldeingeständnis gerechnet.

Berger ahnte, dass Frankas Verschwinden etwas mit der Sache zu tun hatte. Mit Sicherheit wusste Metzler, wo Franka steckte. Wenn er nicht sogar selbst für ihr Verschwinden verantwortlich war.

Berger fühlte eine nervöse Unruhe in sich aufsteigen. „Was ist mit Franka Fröhlich?“, entfuhr es ihm unvermittelt. Die Unruhe vermischte sich langsam mit Panik. Franka war inzwischen schon seit fast achtundvierzig Stunden verschwunden. Sie schwebte in Lebensgefahr. Es war höchste Zeit, dass er sie fand. Aber Berger hatte nicht die leiseste Ahnung, wo er nach ihr suchen sollte. Von seiner Panik ließ er sich nichts anmerken. Metzler sollte sich nicht in einer Position wägen, in der er das Gefühl hatte, den Ton anzugeben.

Welchen Grund konnte Metzler haben, Franka nach dem Leben zu trachten? Plötzlich fiel Berger ein, dass Paula Linden etwas von einer Recherche in einem ehemaligen Kinderheim gesagt hat. Wie Schuppen fiel es ihm von den Augen: „Das Kinderheim“, sagte er laut.

Metzler zuckte zusammen. Anscheinend hatte Berger Metzlers wunden Punkt getroffen. Sofort war er auf hundertachtzig: „Die hat doch ihre Nase überall reingesteckt. Als ich erfahren habe, dass die Journalistin sich im Archiv angemeldet hat und auf der Suche nach Leuten ist, die im Kinderheim aufgewachsen sind, habe ich Panik bekommen. Es hätte doch nicht lange gedauert, bis sie mir auf die Schliche gekommen wäre und damit mein Motiv aufgedeckt hätte. Ich musste sie aus dem Weg schaffen.“

Berger stieg die Zornesröte ins Gesicht. Er hatte sich nicht mehr unter Kontrolle: „WO IST SIE?“, brüllte er so laut, dass die Kaffeebecher auf dem Tisch wackelten.

Selbst Metzler schien von Bergers Ausbruch eingeschüchtert. Mit leiser Stimme sagte er: „In einem Windrad südlich vom Dorf.”

Sofort sprang Berger auf. Natürlich, ein Windrad war das ideale Versteck. Warum war er da nicht selbst draufgekommen? Er eilte aus dem Büro.

„Du übernimmst“, rief er Hansen im Vorbeigehen zu. Sekunden später sah man den Wagen des Kommissars mit Blaulicht in Richtung Mörsdorf rasen.

Achtundzwanzig

Das einzige Versteck, was Leo jetzt noch einfiel, waren die Windräder südlich vom Dorf. Wenn er es sich recht überlegte wäre das gar kein so schlechter Platz für jemanden, der nicht gefunden werden sollte. Wieso war ihm das eigentlich nicht früher eingefallen? Wegen dieser drei Windräder im Windpark Süd hatte es im Dorf mächtig Ärger gegeben, der schließlich sogar in einen Baustopp mündete.

Leo beschleunigte seinen Schritt. Seine Füße taten ihm weh. Die Wanderschuhe waren noch nicht richtig eingelaufen. Leo hatte sie erst zwei- oder dreimal angehabt. Trotz schmerzender Füße hielt er durch. Sehr weit war es ohnehin nicht mehr. Leo konnte den geschotterten Platz schon deutlich sehen. Aus der Ferne sah er ein Auto mit Blaulicht näher kommen. Leo erkannte den Polizeiwagen und ahnte, dass er auf der richtigen Fährte war. Wenn auch ein paar Stunden zu spät. Die letzten Meter legte er im Laufschritt zurück. Er kam wie immer ziemlich schnell aus der Puste. Franka hatte recht, wenn sie ihn wegen seines Zigarettenkonsums ständig rügte. Er sollte sich das Rauchen wirklich langsam abgewöhnen. Wenn Franka gesund und munter wieder aus der Sache herauskam, hörte er sofort auf. Das nahm er sich fest vor.

Leo erreichte den Windpark gleichzeitig mit Berger.

„Kommen Sie mit, Herr Kastor. Vielleicht brauche ich Ihre Hilfe. Aber halten Sie sich erst mal im Hintergrund.” Bevor die angeforderte Verstärkung eintreffen würde, war der Mann für Berger vielleicht nützlich. Der Kommissar musste nur aufpassen, dass Frankas Nachbar nicht in Gefahr geriet.

Leo folgte dem Kommissar wortlos. Berger zückte vorsichtshalber seine Dienstwaffe. Schließlich wusste er nicht, was ihn erwartete. Er schaut sich im Windpark um. Drei Räder waren in unmittelbarer Nähe zueinander aufgestellt worden. Alle Rotorblätter standen still. Außer dem leisen Rauschen des Windes und dem Brummen der Autos, die zwischen Mörsdorf und Kastellaun pendelten, war nichts zu hören. Der Betrieb der Windriesen war wegen Unstimmigkeiten zwischen der Gemeinde und dem Betreiber eingestellt oder war noch gar nicht aufgenommen worden. Das wusste Berger nicht so genau, aber das spielte jetzt ohnehin keine Rolle. Jetzt galt es Franka zu finden, bevor es zu spät war. In einer dieser Windmühlen war Franka eingesperrt. Wenn er Metzlers Aussagen glauben konnte. Möglicherweise hatte der Dreckskerl ihn auch an der Nase herumgeführt. Er hatte schließlich nichts mehr zu verlieren.

Berger fragte sich, ob Franka alleine war oder ob Metzler jemanden beauftragt hatte, sie zu bewachen. Er wusste es nicht, deshalb musste er besonders vorsichtig vorgehen. Er durfte Franka und auch Kastor nicht gefährden. Sein oberstes Ziel war, Franka unverletzt zu befreien. Der Kommissar und Leo sperrten Augen und Ohren auf. Sie durften jetzt keinen Fehler machen. In einer Tür steckte ein Schlüssel.

„Das muss es sein“, flüsterte Berger Leo zu und bedeutete ihm unbedingt hinter ihm zu bleiben. Vorsichtig drehte der Kommissar den Schlüssel und drückte die Klinke der schweren Stahltür hinunter. Durch einen kleinen Spalt schielte er ins Innere. Dann riss der Kommissar vor den Augen des verdutzt dreinschauenden Leos die Tür mit einem kräftigen

Ruck bis zum Anschlag auf, hielt seine Waffe zielgerichtet ins Dunkel und brüllte: „Hände hoch, Polizei."

Leo stand hinter der Tür und wagte es kaum, zu atmen. Als alles still blieb, riskierte auch er einen Blick durch den Türspalt. Im selben Moment hörte er Bergers Stimme: „Rufen Sie einen Krankenwagen. Schnell."

Franka lag regungslos auf dem Boden. Ihre Haut war aschfahl, aber sie lebte und war bei Bewusstsein. Allerdings sah sie ziemlich mitgenommen aus. Ihr Gesicht war verschwollen, man sah überall Hämatome und Frankas rechter Arm lag schlaff neben ihrem Körper, so als gehöre er gar nicht dazu. Jan hob vorsichtig ihren Kopf und legte ihn in seinen Schoß. Während er zaghaft über ihre Wangen strich, flüsterte er unentwegt: „Es wird alles gut."

Wenige Minuten später war die Sirene des Rettungswagens zu hören. Die Einsatzkräfte, die Berger zur Verstärkung angefordert hatte, sicherten das Gelände, während die Sanitäter Franka notdürftig im Wagen versorgten und sie dann mit ins Krankenhaus nach Simmern nahmen.

Neunundzwanzig

Frankas rechter Arm war eingegipst. Ihr Gesicht war noch verschwollen. Sie hatte überall blaue Flecken und in ihrer linken Hand steckte eine Infusionsnadel. Sie trug ihr Lieblingsnachthemd. Irgendjemand musste es von zu Hause geholt haben. Auf dem Nachttisch neben dem Krankenbett stand ein Strauß frischer Blumen. Daneben eine Grußkarte von den Kollegen aus der Redaktion. Gerade als Franka nach der Karte angelte, klopfte es an der Tür des Krankenzimmers. Ohne ihre Antwort abzuwarten, ging die Tür auf und Ben betrat den Raum, dicht gefolgt von seinem Vater.

Ganz vorsichtig kam der Junge näher. Auf seiner Hand balancierte er ein Stück Käsesahnetorte.

„Guck mal Franka. Hab ich dir mitgebracht. Papa hat gesagt, dass du gerne Kuchen isst." Freudestrahlend überreichte der Junge Franka die Süßigkeit.

Franka war gerührt. Sie wollte lächeln, brachte es aber nur zu einer komischen Grimasse, weil ihr Gesicht bei jeder Bewegung schmerzte. Sie winkte Ben näher zu sich heran.

„Ich liebe Kuchen", flüsterte sie dem Jungen ins Ohr.

Als Ben sah, dass es Franka deutlich besser ging, als es ausschaute, schwang er sich auf die Bettkante und fing an zu plappern.

„Soll ich dir erzählen, wo Papa und ich herkommen?"

„Klar", antwortete Franka. „Da bin ich aber mal neugierig."

„Wir waren in einem Windrad. Ganz oben und durften da rausgucken und da haben wir das Dorf gesehen, wo du wohnst und die Kirche und den Wald und alles. Das war toll und vorher sind wir mit einem Aufzug gefahren, der war ganz klein und eng und ich musste einen Gurt anziehen und einen Helm und ..."

Wenn Jan seinem Sohn keinen Einhalt geboten hätte, hätte der Kleine vermutlich noch stundenlang begeistert weitergeredet. Franka verzog das Gesicht.

„Ich glaube von Windrädern hat Franka erst einmal die Nase voll", sagte Jan.

Franka nickte. Bevor sie noch etwas sagen konnte, klopfte es wieder und Hansen stand mit einer großen Schachtel Pralinen an Frankas Bett. „Ich habe gehört, dass du Süßigkeiten bevorzugst", sagte er und schaute zuerst Jan, dann den Blumenstrauß auf dem Nachttisch an.

Franka war gerührt. „Wieso habt ihr eigentlich heute alle Zeit, um mich zu besuchen?“

„Heute finden keine Verbrechen statt“, gab Jan prompt zur Antwort. „Das Dorf feiert den einhunderttausendsten Brückenbesucher und hat spontan ein Fest organisiert. Da wird sich doch kein Verbrecher trauen, dazwischenzufunken.“

„Dein Wort in Gottes Ohr.“ Franka musste schon wieder lachen, wobei ihr ein schmerzhaftes „Aua“ entwich.

Letzten Endes hatte sich ja doch alles aufgeklärt. Georg Metzler saß in Koblenz in Untersuchungshaft. Und auch Rudi Wendling würde sich vor Gericht verantworten müssen. Kristin Blattner hatte sofort, nachdem Berger sie hatte gehen lassen, ihre sieben Sachen gepackt und dem Hunsrück den Rücken gekehrt. Sie bot die Villa sowie das Fuhrunternehmen im Internet zum Verkauf an.

Berger klopfte Hansen anerkennend auf die Schulter. „Das ist auch deinem Einsatz zu verdanken, dass wir beide Fälle gelöst haben. Hansen genoss das Lob seines Chefs, obwohl es ihm in dieser Situation auch ein bisschen peinlich war. Er war ganz froh, als es wieder an der Tür klopfte und das Thema nicht weiter vertieft wurde.

Leo stand in der Tür und flachste: „Ei da nei. Hier geht's ja zu wie aufm Kowelenzer Bahnhof.” Als Frankas Nachbar das Krankenzimmer betrat, nutzte Hansen, der Krankenhäuser ohnehin lieber von außen sah, die Gelegenheit, sich zu verabschieden.

„Danke für den Besuch“, sagte Franka und meinte es ganz ehrlich. Sie war sichtlich gerührt, dass sich so viele Leute nach ihrem Wohlbefinden erkundigten. Als Hansen schon an der Tür war, fiel Franka noch etwas ein: „Du, Hansen. Darf ich dich was fragen?“

Der Polizist nickte und sah Franka neugierig an.

„Was ich immer schon mal wissen wollte, ist: Wie heißt du eigentlich mit Vornamen?“

Einen Moment herrschte eisiges Schweigen. Franka sah verunsichert zu Jan und Leo rüber. Beiden stand ein breites Grinsen ins Gesicht geschrieben. Hatte sie etwas Falsches gesagt? Hansen hingegen schaute verschämt nach unten und trat von einem Fuß auf den anderen. Die Frage schien ihm unangenehm zu sein.

Franka war verwirrt. Im Krankenzimmer war es immer noch mucksmäuschenstill. Selbst Ben, dessen kleines Mundwerk nie stillstand, wartete gespannt auf eine Antwort. Hansen sah sich unter Druck.

„Ähm. Also gut“, stammelt er. „Franka, ich erzähle es dir. Aber bitte hänge es nicht an die große Glocke.“

Franka sah Hansen ungläubig an. Sie hatte das Gefühl im falschen Film zu sein. Sie wollte doch nur seinen Vornamen wissen.

Den Blick noch immer auf seine Füße gerichtet stammelte Hansen: „Also weißt du, meine Mutter wollte eigentlich, dass ich mit erstem Namen Klaus heiße. Als Zweitnamen sollte ich nach ihrem Lieblingsdichter benannt werden. Aber als mein Vater mich nach meiner Geburt auf dem Amt anmelden sollte, hat er aus Versehen nur den Zweitnamen angegeben.“ Hansen machte eine Pause. Aber anstatt weiterzureden, schüttelte er nur den Kopf, so als habe er es sich anders überlegt. Er schaute Franka kurz an und verließ grußlos den Raum.

Franka war verwirrt. Was war das denn? Verwundert schaute sie zuerst zu Jan, dann zu Leo hinüber. Die beiden grinsten immer noch, wie zwei Honigkuchenpferde, sagten aber keinen Ton. Langsam kam Franka sich veräppelt vor und verlor die Geduld: „Jetzt spannt mich nicht so auf die Folter. Wer ist denn nun der Lieblingsdichter von Hansens Mutter?“

Jan Berger machte eine bedeutungsvolle Pause. Dann antwortete er: „Meine liebe Franka, du musst wissen, dass Frau Hansen eine außergewöhnliche Person war und für eine Frau vom Land einen eher außergewöhnlichen Lesegeschmack hatte. Sie liebte die Gedichte von Fürchtegott Gellert so, dass sie sogar ihren Sohn nach ihm benennen wollte.“

„Du lieber Himmel.” Reflexartig schlug Franka sich die Hand vor den Mund. „Autsch“, entfuhr es ihr zum zweiten Mal. Sie hatte schon vergessen, dass jede Berührung im Gesicht leider sehr weh tat. Aber diesmal konnte sie das Lachen einfach nicht unterdrücken. Die Anspannung der letzten Tage fiel plötzlich von ihr ab. Schlagartig wurde ihr klar, was für ein Glück sie hatte, dass Leo und Jan sie rechtzeitig gefunden hatten. Trotz der Schmerzen war Franka so glücklich wie lange nicht mehr. Sie hatte das Gefühl endlich angekommen zu sein. Wenn sie es sich recht überlegte, konnte sie sich tatsächlich vorstellen, in diesem Kaff im Hunsrück alt zu werden.

Nachwort

„Überm Abgrund“ ist ein Roman. Alle in diesem Buch geschilderten Handlungen und Personen sind frei erfunden. Ähnlichkeiten mit lebenden oder verstorbenen Personen oder Begebenheiten sind rein zufällig und nicht beabsichtigt. Das Dorf und die Brücke gibt es aber tatsächlich. Mörsdorf ist ein staatlich anerkannter Erholungsort mit rund 630 Einwohnern und liegt im Rhein-Hunsrück-Kreis in Rheinland-Pfalz. Seit dem 1. Juli 2014 gehört er der Verbandsgemeinde Kastellaun an. Seit April 2015 führt ein Abschnitt des Fernwanderwegs Saar-Hunsrück-Steig am Ort vorbei. Die Hängeseilbrücke, die mit 360 Metern die längste Hängeseilbrücke Deutschlands ist verbindet Mörsdorf mit Sosberg und dem Landkreis Cochem-Zell. Am 30. Mai 2015 fand der offizielle erste Spatenstich zum Bau der Hängeseilbrücke Geierlay statt, die in die 19. Etappe an den Saar-Hunsrück-Steig angebunden wird. Die Fertigstellung erfolgte Ende September, die offizielle Einweihung fand am 3. Oktober 2015 statt. Im ersten Jahr haben bereits mehr als 300 000 Menschen die Brücke besucht.

Ulrike Platten-Wirtz, im Dezember 2016